莉莉和她的王冠

Lily and the Octopus

by Steven Rowley

史蒂芬・羅利——著
胡訢諄——譯

獻給莉莉

狼的法則

此乃叢林的法則，
如蒼天亙古不虛；
順行的狼興盛昌隆，
違逆的狼必死無疑。
如蟲蟻環繞樹幹爬行，
法則前後不離；
狼群的力量是狼，
狼的力量是狼群。

——魯雅德·吉卜林

Part 1

那隻章魚

我第一次看見牠是在某個星期四。我知道是星期四，因為我和我的狗莉莉總在星期四晚上討論我們覺得可愛的男生。她實際年齡十二歲，換算人的年齡是八十四歲。我四十二歲，換算成狗的年齡是兩百九十四歲。但我是看上去很年輕的兩百九十四歲，因為我體態維持良好，大部分的人甚至會猜兩百三十八歲，也就是人的三十四歲。我費事說明年齡，是因為我們都有點幼稚，偏愛年輕的男生。我們為了萊恩爭論好久。我是葛斯林派（Ryan Gosling），她是雷諾斯派（Ryan Reynolds），儘管問她喜歡哪部雷諾斯的電影，她也說不出來。（我們幾年前就放棄雷恩．菲利普，因為對於怎麼唸他的名字我們意見不同，菲利普？菲利貝？也因為他沒那麼常演戲了。）還有麥特和湯姆。我們來回討論麥特．波莫和麥特．戴蒙、湯姆．布雷迪和湯姆．哈迪，端看那個禮拜的心情。最後還有布萊德利——布萊德利．庫伯和布萊德利．米爾頓（Bradley Milton）。後面那個其實很老，而且死了很久，我不知道為什麼我的狗老愛提起他，不然就是她愛的桌遊。桌遊是星期五的活動。

總之，這個星期四我們討論的是克里斯——克里斯．漢斯沃、克里斯．伊凡和克里斯．

潘恩。莉莉臨機一動提議我們加入克里斯・普雷特（Chris Pratt）。這時候，我發現了那隻章魚。你通常不會這麼靠近看章魚，更別說在你家客廳，更別說像一頂生日王冠般棲坐在你家小狗頭頂。所以當下我大吃一驚。我仔細端詳。莉莉和我分別坐在沙發兩端，一人有一個枕頭，我盤腿，她像米高梅的獅子趴坐。

「莉莉！」

「不一定要加入克里斯・普雷特，我只是提議。」她說。

「不，妳頭上那個，是什麼？」我問。章魚的兩隻手垂掛到莉莉的下巴，像兩條繫帶。

「哪裡？」

「什麼意思？哪裡？那裡。妳右邊太陽穴上面。」

莉莉暫停。她看著我，我們視線相交。為了往上瞄那隻章魚，她回避我的眼神。「喔，『那個』。」

「對，『那個』。」

我立刻上前抓住她的嘴巴。她小時候叫個不停時我也曾經這樣，每回見到新鮮的事物激動不已，她就會用尖銳、宏亮的聲音表達興奮：**看！那裡！那個！這！是！我！見過！最！驚奇的！事情！活著！真！好！**有一回，那時我們剛住在一起，我在洗澡的時候，她費了不少力氣，拉著我的十三號鞋子，經過三個房間，全部移到樓梯頂端。我問她為什麼，她的回答極具說服力：**這些！東西！你！穿在！腳上！會！離！樓梯！很近！**真是充滿熱情與創意。

我拉她過來，把她的頭轉側邊，我才能看個清楚。她斜眼盯著我，表達她的惱怒，抗議這種干擾和關注，這個高大又愚蠢的人類多麼粗魯。

章魚的吸力了得，緊緊箍在她的眼睛上方。我猶豫了一會兒，還是鼓起勇氣戳牠——竟然比我想像得還要硬，不太像水球，比較像……骨頭。感覺隔了層皮，但確實在那裡，明顯看得見。我把莉莉的頭轉到後面，數了那隻章魚的手腳，我很確定，有八隻。那隻章魚看起來很生氣，而且突兀。「侵略」可能更貼切。彷彿宣示牠的存在，想要佔地盤。我沒有說謊，那令人震驚，更令人困惑。以前我不曉得在哪裡看過影片，章魚在海底偽裝自己，超完美，完全察覺不到，直到倒楣的峨螺或螃蟹或蝸牛經過，牠就現身，瞬間奪命。我記得反覆看了那段影片，想要找出章魚藏身的地點。看了無數次後，儘管我無法確切指出位置，我確定牠就在那裡，能夠感覺牠的力量、牠的埋伏，以及突襲的意圖。一旦看過，就無法忽視——雖然你還是非常驚訝，牠竟然在視線之內隱藏得如此完美。

現在就像那樣。

既然我已經看到牠，就無法忽視牠，而且章魚把莉莉整張臉都變了。那張在我眼裡總是標緻的臉，高貴典雅的狗臉，雖然臘腸狗滑稽的身形稍微減損整體的視覺感受。儘管如此，那張臉！完美對稱。你把她的耳朵往後拉，就像一個小巧的保齡球瓶，包覆上柔軟的赤褐毛髮。但現在的她看起來不像保齡球瓶，而像一個耗損的保齡球瓶；多了章魚的頭更是十個瓶子排列起來的一號瓶。

莉莉再次對我發出低鳴，鼻孔同時噴氣，我發現我還抓著她的鼻子。我放開她，我知道她討厭這樣無禮的舉動。

「我不想談。」她收起下巴，啃咬肚子上搔癢的地方。

「喔，我倒是很想談。」

我其實是想談談我怎麼可能現在才發現。我負責她一切的生活起居——食物、飲水、運動、玩具、潔牙、內在、外在、就醫、去蝨、除蚤、娛樂、擁抱、關懷、愛——卻沒注意到有隻章魚霸佔她頭的一邊，並且以令人不安的速度成長。章魚是偽裝大師，我提醒自己；牠是故意躲起來的。即使如此告訴自己，我還是不懂為何我竟輕易撇開責任。

「會痛嗎？」

一聲嘆氣。吐了一口長氣。莉莉小的時候，睡夢中會發出類似的聲音，通常接著她的腿就會開始擺動，代表美夢的序曲，也許在追逐松鼠或小鳥，或在無際的金色沙灘奔馳。不知道為什麼，我想起《在演員工作室裡》（*Inside the Actors Studio*）的伊森．霍克。這個節目每到最後總會問來賓一個問題，問題的靈感來自主持人伯納．皮佛（Bernard Pivot）。

「你最喜愛的聲音是什麼？」

伊森．霍克回答：「幼犬嘆氣。」

沒錯！多麼棒的組合，幼犬和嘆氣。彷彿溫暖、熟睡的幼犬感覺悲傷，或因為疲勞或惱怒而嘆氣。儘管他們無時無刻都在嘆氣，吐出甜美、無辜的氣息，然而，這聲嘆氣不同。未經訓練的耳朵也許不會察覺微妙的差異，但是我對莉莉的瞭解，幾乎算是對一個生物最極致的瞭解，所以我注意到了。聲音之中帶著沉重，流露微弱的嘎嘰聲。她的世界有煩惱；她的肩膀有負擔。

我又問她：「會痛嗎？」

她沒有立刻回答，停了半晌，想了很久。「有時候。」

狗最棒的事情就是，你最需要他們的時候，他們總是知道，而且放下手邊所有事情，坐在身邊陪你。我不必苦苦相逼。她曾靜靜坐在我身邊無數次，陪我經歷心碎、疾病、憂鬱，以及尋常日子的不安和不快。我也可以為她這麼做。我可以靜靜坐在她身邊，身體靠著身體恰好足夠取暖，分享彼此生命的能量，直到我們呼吸趨緩，進入深沉靜坐時一致的頻率。

我捏著她脖子後面的皮膚，我想像她剛出生時，她母親曾如此抓著她。

「風雨即將來臨。」我對她說。我盡可能大膽盯著那隻章魚，我害怕那句話中有我不願意發現，更恐怖的事實。通常我會說出《伊莉莎白：輝煌年代》裡頭莉莉最喜歡的台詞逗她開心。我們兩個都沒看過那部電影，但上映期間，這段話在廣告播了無數次。凱特．布蘭琪飾演的處女王后大聲吆喝，一聽到她的聲音總是笑得不支倒地。我的狗超會模仿凱特．布蘭琪。

莉莉打起精神，馬上接著她的台詞：「我，也能駕馭風雨！我內心有陣颶風將橫掃西班牙，如果你敢！讓地獄大軍壓境：他們攻不過來！」

她很努力為我演出。但若要我實話實說，這不是她最好的狀態。她憑著本能大概已經知道我即將明白的事：她是那峨螺；她是那螃蟹；她是那蝸牛。

那隻章魚餓了。

而且牠準備要吃她。

Part 2

偽裝

星期五下午

治療師辦公室的牆壁漆上無鹽奶油的顏色。坐在這間辦公室的沙發上，而且是彈簧壞掉那一邊，只會令人更加惱怒不適。我常有個想法，把整個房間，連同砂糖、麵粉、香草、巧克力豆，塞進攪拌盆裡。我心煩的時候，覺得自己比身邊的人聰明的時候，就想要吃餅乾。外表酥脆，內餡鬆軟，剛出爐的熱騰騰的巧克力餅乾，軟軟的但巧克力尚未融化。我不知道為何這麼想吃這個療癒小點心，但餅乾怪獸說過一句話，一直在我腦海：「今天我要活在當下，除非當下不快樂，若是那樣，我會吃一片餅乾。」我不會把那個聲音沙啞又鬥雞眼的藍色怪獸說的每一句話都當成魔咒，但那一句深植我心。這陣子我很想吃餅乾。

我的治療師名叫珍妮，你無法接受治療師叫這個名字。永遠無法。體操運動員，也許可以。阿甘的妻子，當然。優格冰淇淋店的員工——你自己盛冰淇淋，他們的工作只是秤重，但他們還是覺得自己的工作很困難。治療師取這個名字，絕對無法。我不認為誰會把珍妮的話當一回事。例證：我的名字是艾德華．佛雷斯克，但大家都叫我泰德——我堅持他們叫我泰德，因為小時候的我非常害羞，整個小學時期我的綽號都是「特殊艾德」[1]。我可以看見珍妮在大腿的筆記本上潦草地寫下我的名字，但泰德的T是粗體——顯然是想起來沒人叫我艾德才加上去的。而且我來這裡好幾個月了！但我還是來，珍妮領我的保險金，辦公室又在我家附近（以洛杉磯的標準而言）。她下的結論永遠是錯的，但我已練就一身功夫，把她愚蠢的建議，交給我腦中聰明許多的治療師。我腦中的治療師真正洞察我的生活，能夠過濾成我需要的建議。這件事本身不太正常，但對我剛好有用。

十八個月前，我結束上一段感情後開始接受治療。那段感情維持六年，但也許不該超過兩年。一開始很濃烈。我們在新比佛利電影院見面，看完比利・懷德的《公寓春光》後，我們爭論電影的評價。我不喜歡《公寓春光》裡頭不忠和偷情的主題，傑佛瑞卻吐槽，說我明明就很喜歡懷德的另一部電影《七年之癢》。

一開始，他的個人魅力令人深深著迷，但時間越久，我發現那只是虛有其表；他內心有個受傷的男孩。他成長的過程缺少父親，因此他不斷尋求認同。我一開始覺得討人憐愛，真情流露。接著他開始縱容那個男孩，開始大發脾氣，意氣用事，想要控制他無權過問的事。他本來就是個男孩，而且我愛他。所以我沒有離開，以為事情會好轉。直到某天清晨醒來，聽見生命清澈響亮的呼喚：我值得更好的人。那天晚上我就說我要走了。

超過一年沒有約會後，我終於重新出發，再度把腳趾伸進我以為早已流到下游的死水。

1 譯注：Special Ed，亦為特殊教育之意。

珍妮問起這件事。

「那件事如何？」

「那件事？」

「對啊。」

「約會？」

「嗯哼。」

我最不想談的就是那件事。章魚的手緊箍著我的頭，就像牠緊箍著莉莉的頭。但我沒有告訴珍妮不速之客的事情。至少目前還不想。我不能雙手一攤，暴露那隻章魚帶來的恐懼，任由她發表不正確的分析，而且她絕對會那樣。珍妮。我不能幫她做她的工作——這件事不能。我寧願在沒有她的情況下做她的工作，意思就是，現在，把這件事情保留在我心中。

我根本就不該來，不該把莉莉獨自留在家，和那隻章魚一起，但陽光穿過廚房窗戶的角度完全就是她喜愛的那樣，午後漫長的陽光能夠讓她感到溫暖，好好睡上一覺。獸醫的門診最快要等到星期一，而我心裡想著陽光也許有療效。也許太陽照在不速之客身上，會把來自水裡的魚曬乾。

「章魚是魚嗎？」我不經意大聲問。

「章魚是什麼？」

「魚，牠們算是魚嗎？」

「不，我想牠們是軟體動物。」

我早就料到珍妮知道。她可能是那種從小立志成為海洋生物學家的女孩，上大學後，卻迷上又高又壯的男生，名叫查德之類的，跟著他主修精神治療。我希望我就蜷著身子在地上曬太陽，躺在莉莉身邊。我希望我能把手放在她身上，像她還是幼犬的時候那樣，讓她知道只要我在，一切憂愁都能解開。

「約會的事如何？」珍妮拉回我的注意力。

「約會。我不知道。還好。沒什麼。昏昏欲睡。」

「年輕人？」

「不是。」天哪，我要餅乾。「昏昏欲睡。你知道的，無聊、疲倦。」

「為什麼無聊？」

「因為無聊。」我要餅乾。

「認識新的人很有趣，不是嗎？你不能這樣想嗎？」

「我可以。」我的語氣頑固，表明我現在不會，以後也不會。我不知道是不是自己的緣故——也許我還沒準備要約會。我不知道是不是他們的緣故——也許好人都死會了。我不知道是不是因為我的年齡。洛杉磯是一座夢幻島，有很多失落的男孩，外表光鮮亮麗，嘴巴滔滔不絕，卻毫無內涵。一開始我充滿熱情去約會，盡全力跨出第一步。但過不了多久，我發現自己不斷進行第一次約會，不記得正在說的故事剛才有沒有說過，還是前一、兩天的約會說過。為了不讓對方覺得無聊，我甚至費心將個人最有趣的事蹟集合成篇，處處穿插妙語，但一講再講，最後無聊的是我自己。

這些話我應該大聲說出來，要不是我的保險公司付錢給珍妮，而我付錢給我的保險公司（身為自由作家，這可不是小數目），所以我只是無精打采地說：「我……我不知道。」

「說說看。」珍妮進一步。

「不。」

「說嘛，讓我長瘤。」

那隻章魚在我面前嗖嗖揮動強壯的手臂，露出貪婪的尖喙，冷不防跳向我。

我退縮，雙手使勁在鼻子前面拍打。「妳剛才說什麼？」我一副興師問罪的口氣。

珍妮看著我，憂心忡忡。她必定看見我眉間滲出的汗水。我發狂張望房間，尋找那隻章魚，但牠來無影，去無蹤。

「我說，『讓我笑笑』。」她的擔憂化為笑容。

是嗎？

這間奶油牢房逐漸縮小；牆壁似乎比五分鐘前更加靠近。通常這是恐慌發作的前兆。以前很少這樣，但最近發作了幾次。戰勝崩潰最好的方法就是去做不想做的事——談論約會。藉此提醒自己，生活依舊如常，面對引起恐慌的原因，絕不束手就擒。於是我的態度軟化。「有一個人。英俊、聰明、幽默。英俊。我好像說了兩次英俊？總之，外表確實如此，只是，我看不出來他對我感不感興趣。」

「對你？」

「或是操縱木偶。」我雙手交叉，露出不耐。「當然是對我。我們出去過兩次。感覺不錯。」真是愚蠢。我應該討論那隻章魚，但我不能去想牠。我不能餵養恐慌。「但，我還是不知道他感不感興趣，對我。所以，我心想，我們第二次出去，晚上道別前，如果他想要親我，或者他想要擁抱，就是某種暗示。但我不會主動擁抱他。」我很滿意我的計畫，甚至指著我的腦袋，好像自己比想像中聰明。接著我想到，也許那隻章魚正埋伏在我頭上，牠似乎特別喜歡頭這個部位，於是我拍打自己的身體，從頭到腳。珍妮看著我，好像我有輕微的癲癇，正當發作，但她若無其事繼續。

「真聰明。這樣你就知道那個擁抱是朋友的擁抱還是情人的擁抱。然後呢？」

「我先擁抱他了。」

珍妮看著我，一臉失望。

我辯解：「其實，他也沒有先擁抱，所以我們兩人就直挺挺的，像中風一樣互相碰一下。」四面牆壁正危險地逼近，我心想牆壁會把我壓扁，或者我會融入柔軟的奶油，在當中窒息，壓出一個我的完美模型。

「這件事情多少該有些啟示。」珍妮在筆記本上塗鴉。把我名字的ed塗黑，和粗體的T一樣。她收了錢就要聽我說話，儘管她覺得我很無聊，但那不是她的錯。自從我們家來了一個……「軟體動物」的客人，不到二十四小時，我就發現我們共同的特徵：我，也一樣，試圖在視線之內隱藏。我像個失敗的人，躲躲藏藏地生活，希望沒人注意到我。自從和傑佛瑞分手後，我就一直這樣。

「我想你必須體諒一件事情，有些人不容易表達自己。」珍妮沉思。

珍妮說「有些人」的時候，就是在說我。但是又來了，這又是一個錯誤的結論。那個男人表達自己沒有問題。我表達自己也沒有問題。那個男人只是不知道自己喜不喜歡我，而這件事讓我焦慮。即使他不知道是因為我，因為我隱藏我自己。

C就是Cookie，我最愛的Cookie。Cookie、Cookie、Cookie，C開頭的Cookie[2]。

我心中的治療師過濾珍妮的分析，提出一個更精闢的建議：只不過約會兩次，我為什麼非要知道這個人對我的感覺？為什麼每件事都要非常明確？難道我就知道自己喜不喜歡他嗎？除了長相？我要學著活在未知之中。

於是忽然之間，重點不是約會，而是那隻章魚。我要學著活在未知之中。

星期五傍晚

洛杉磯的六月是全世界六月的相反。在這裡只意味一件事：陰暗。太陽消失在雲層、霧霾、煙塵背後，數週內都不見陽光。通常我喜歡。通常，我可以接受這是全年其他時間陽光普照的代價。但今晚沒有日落，讓我心煩。

崔特來電，提議共進晚餐。我說不，但崔特不會接受，所以我說好，省得你來我往十幾回。又要離開莉莉一小時，我覺得過意不去，但我知道自己需要找人聊聊，如果不是珍妮，也許是崔特。他知道如何打開我的心房，而且打從我們在波士頓大學相識那一天，他總是辦得到。他是個大嗓門的德州人，我是個安靜的緬因州人。我立刻被他的南方熱情吸引，就和他喜愛我的北方冷酷一樣。這段友情從他敲我宿舍的房門，問我要不要去便利商店買菸開始；他是費利，我是馬倫[3]。

---

2 譯注：餅乾怪獸唱的歌。

3 譯注：指的是電影《蹺課天才》（Ferris Bueller's Day Off）中的一對好友。

我們二十二歲的時候，崔特就告訴我，不要擔心。他說我們二十九歲的時候那件事就會發生。悲慘的分手？誰在乎。沒前途的工作？不算浪費時間。其他的壓力？連一分鐘都不要煩惱——我們二十九歲的時候那件事就會發生。我一開始問他，為什麼是二十九歲？為什麼不是二十八歲？接著我開始恐慌。萬一等到三十一歲還沒發生呢？我七年級之前都還不懂說髒話的時機，一九九五年之前還不懂什麼是網路。我很擔心落後。然而，那句話的氣勢，以及他散發的自信，終究還是讓我買單。我從沒想過去問「那件事」是什麼——即將發生在我們身上的「那件事」。我也沒把握他真的知道。

然後，在我二十九歲最後幾個小時，我遇見莉莉。我三十歲的前一天。

我到餐廳的時候，崔特已經在裡面。這是我們的老地方。我們喜歡這裡，因為如果你點馬丁尼，送上來的杯子是冰過的。接著，你喝到一半的時候，他們又會送上一個冰過的空杯。他們甚至幫你把酒倒過去，給你新的橄欖。很厲害，對吧？這就是服務。

「嗨，朋友，我幫你點了馬丁尼。」他說。

「謝了。你有另一樣東西嗎？」

「泰迪——」他訓了我一頓，說我竟然以為他會忘記。一顆煩寧[4]滑過桌子，我把藥放進嘴裡，輕咬幾下，接著壓在舌下。壓在舌下效果比較快。崔特靜候一分鐘，讓藥效發揮。

「你要告訴我發生什麼事嗎？」

我伸出食指，要他等我，我仔細按壓舌頭和下巴之間的碎片，等待碎片融化。

「莉莉有隻章魚。」這句話有泥土的味道，而且我來不及阻止就脫口而出，表示我真的需要談談。

崔特一臉困惑。「什麼？」

「一隻章魚。在她頭上。眼睛上面。」講白一點仍然沒有減少他的困惑。他盯著我。於是我直接說重點：「有點像你的那樣。」

崔特是我認識的人當中，唯一有章魚的。沙拉裡面的不算。他的章魚出現在一九九七年。當時我們是室友，在這裡，洛杉磯。有天晚上我看見他在沙發揉著小腿，表情不知所措。「我的腿沒感覺。」他說。

我不知道是我的想像，或是我預期煩寧發生的作用，但我吐了一口氣，遁入二十六歲時的我和崔特，我們老舊又破爛的公寓，就像我們住在那裡的時候一樣真實。

原來崔特左半邊的身體已經逐漸失去知覺，醫生安排磁振造影，發現一隻尚在嬰兒時期的章魚。幾週內他就開刀了，雖然當時他非常害怕，但迅速復原，我們很快就把這件事拋在腦後。之後我不懂為什麼他拖了這麼久才說。我們經常花上數小時分析每一件剛剛發生的事件與細節。我們拉開兩個互毆的女同志。床單恰當的紗支數。這就是埃及棉如此舒服的原因。實際估算能夠邀請幾個名人來參加派對。為什麼老是把燕麥粥煮焦？在阿帕契酒吧飲料

4 譯注：Valium，抗焦慮用藥。

半毛之夜認識的男護士，要不要約他出去？我們為什麼會跑去一個叫阿帕契的酒吧？（因為飲料只要半毛。）我發現他在沙發上不知所措之前，明明有很多機會告訴我那件事。

崔特敲敲我的手臂，我抬起頭。餐廳人很多，比平常更多。

「你神遊去了。」崔特說。一定是煩寧發揮了作用。「和我的哪裡像？」

「嗯，和你的不完全一樣，因為你看不到你自己的，但莉莉的就坐在她頭上，所有人都看得到。」

「她的……章魚。」

「對。」

「我從來沒有章魚。」

「有，你有！如果你沒有，我倒想知道在西達斯醫院，他們打開你的頭，拿出來的是什麼。」

「他們拿的是腫——」他開口，還沒說完。

「你以為我們現在講的是什麼？」

「我以為我們是在講章魚。」

「沒錯。」

我們的馬丁尼來了。一杯各有三顆橄欖。我們啜吸著酒，不發一語。伏特加是我喉嚨裡頭冰涼的油膏，也是沖淡舌下藥粉味的妙方。我含在口中晃動，感到灼熱。

「你要來些魔鬼蛋嗎？」我不知道他何必問，每次我都會點魔鬼蛋。他揮手，找來服務生點菜，我甚至不用說好。「你打電話給獸醫了嗎？」

我點頭。「星期一才能看診。」

「你什麼時候發現……」

「……章魚？昨天晚上。就這麼出現了。如果以前就在那裡的話，是我沒注意到。總而言之，很奇怪。牠不太動，就坐在那裡，手臂掛在莉莉臉上。我想牠在……睡覺。」

崔特用手指把兩顆橄欖拌進他的馬丁尼，我用牙齒咬下牙籤上的一顆。我看得出來他在腦中算數。

「你說莉莉幾歲了？」

「不要。」

「什麼？」

「**不要**。」我很強硬。「我知道你在想什麼。你在衡量我的各種選擇。第一，我還沒去看獸醫。而且我不知道要怎樣拿掉吸在她頭上的章魚。」

章魚切除術。

「第二，我不會讓那個東西把她吃掉。我不准。」

我二十多歲的時候有另一個更糟的治療師（又是治療師！），他說因為我媽媽從沒說過「我愛你」（至少不是其他媽媽說的那種方式），所以我感受愛的能力有限。愛人，被愛，都有限。在我二十九歲的最後一夜，懷裡抱著我的小狗，眼淚潰堤。因為我愛上了。不是稍微愛上，不是某個程度愛上。我感覺自己完全愛上這個只認識九個小時的生物。

我記得莉莉舔了我臉上的淚水。

你！讓！眼睛！下雨！好棒！我！愛！鹹鹹的！味道！你！應該！每天！這樣！

滿足的感覺將我淹沒——我沒有問題！我的感受沒有侷限。

一如崔特的預言，時鐘上只剩幾分鐘，那件事在我二十九歲的時候發生。

我大拍桌子，桌上的餐具跳了起來，伏特加搖晃到杯緣。我咬牙切齒。「**牠不能吃了她。**」

崔特的背脊一陣冰冷。我知道，因為我自己也是。他握緊我的手安撫我。他有一隻狗，一隻叫維姬的鬥牛犬。他愛她就像我愛莉莉一樣。他知道我的心情。他懂。他會打這場仗。

服務生送來我們的魔鬼蛋以及兩個冰涼的空杯，幫我們把馬丁尼倒過去。她尷尬地微笑，接著離開。

我看著冰塊以慢動作墜入我的新杯子。

牠。

不能。

吃了。

她。

星期五晚上

星期五晚上是我最喜歡的晚上。你以為一隻十二歲的臘腸犬不會玩地產大亨？那你就錯了。她可以在圖板的一邊堆疊旅館，技術好得不得了，而且對於那些付不出高昂租金的人毫不同情。而我呢，我喜歡圖板的第一排，深紫色和淡藍色的地皮以及略帶種族意味的地名，例如東方大道。宛如色票一般排列，能夠安撫我。莉莉是色盲；她買地產的時候完全不會考慮這一點。而且，就算我幸運拿到獨佔權，也從來不會積極在這些地皮上蓋旅館。租金合理，人們高高興興領薪水過活。我想我就是沒有殺手的直覺。

莉莉總是笑我想要當獨輪車或靴子。她覺得那兩個棋子代表軟弱沒用的玩家。她總是想要當大砲或戰艦或「烈酒杯」。（我不忍心告訴她，她一直都把那個棋子上下顛倒了，事實上是裁縫頂針。她哪天若發現會氣炸的。）

今晚我們的心思都不在上頭，但這是我們星期五晚上的活動，所以還是進行。我也許可以提議暫停，做其他不需要那麼專注的事，例如看電影（雖然星期六晚上就是電影之夜），但我今天白天去見治療師，晚上又和崔特出去，有點罪惡感。一如往常，我得擲骰子，移動她的物件，進行交易，買她的房子和旅館，而且充當銀行——因為，呃，她是隻狗。

兩個四。

「連續兩次點數相同。再一次妳就要入獄了。」我說。她趴在其中一塊綠色的地皮上。

「北加州大道。沒人持有。妳想買嗎？」

她聳肩。我的地產大亨玩伴今天只是個空殼，我們的心思都在別處。雖然我擺出一副勇敢的樣子（也許是伏特加和煩寧的緣故），她只是懶洋洋趴著。我望著她。如同往常，我在她的座位放了一個枕頭，這樣她就可以看到桌面，但今晚我覺得她看起來變小了。也許她一直都是這麼小——我不覺得她曾經超過八公斤，但在我生命中的分量當然遠遠超過。

「妳想玩嗎？我們不一定要玩。」她聞聞她的鈔票堆。一低頭我就會看見那隻章魚，所以我別過頭。我決定不理牠，不看牠，不跟牠說話，甚至不承認牠的存在，直到星期一獸醫門診。

我們看看能夠持續多久。

「再說一次我媽媽的故事。」莉莉不時想聽這個故事。她對身世的好奇曾經令我感到難過。也許因為她十二週大的時候，我就把她和父母及兄弟姊妹分開。我自責拆散她的臘腸犬家庭。她的兄弟姊妹後來分別叫做哈利、凱莉、麗塔。但現在我喜歡說這個故事。這是一個關於起源、傳承，以及我們在偌大的世界上安身立命的故事。

「妳媽媽的名字是伊邦妮．菲萊兒，但大家都叫她維琪—噗。妳爸爸叫做凱薩，是一個偉大的羅馬將軍的名字。我只見過妳媽媽一次，就是我們認識的那一天。」

「我媽媽的名字是維琪─噗？」

「那天天氣很好，是五月的第一個禮拜。春天。我開車好幾個鐘頭，到鄉下一間白色的老農舍，農舍的牆壁是風雨板，油漆都掉了。那一整天，我的心臟幾乎跳到喉嚨。我很緊張！我希望妳會喜歡我。那個地方離馬路有段距離，草地幾乎是黃的；那年春天雨不多，對妳而言是好消息，但對其他人是壞消息。」

「我討厭下雨。」

「是啊，妳和每一隻狗都討厭。總之，草地前方有個鐵絲網圍欄，妳和哈利、凱莉、麗塔在裡頭打滾，像滾水裡的麵條一樣，甚至很難分辨誰停下來誰又開始。你們糾纏成一團，只看得見腳掌和尾巴，所以住在那裡的太太把你們抓起來，輕輕放在草地上。你們四個搖搖晃晃、跌跌撞撞，我站在那裡心想：『我到底要怎麼選啊？』」

「但你選了，你選了我！」莉莉叼起一個紅色的木頭酒店，咬了幾下，在酒店上留下齒印，接著又吐到一條鐵路上。通常我不允許這種行為，但她咬得很輕，不像故意。

「不，不，不是那樣，完全不是。」我說。她抬起頭，驚訝地看著我。

和很多領養小孩的父母一樣，我總是唬弄她：爸爸媽媽不管生了什麼小孩都要養。但領養小孩的父母「選擇」他們的小孩，所以會更加寵愛。當然，絕大多數，完全不是如此。領養小孩的父母無論何時何地，不管是什麼樣的孩子，有幸接到通知就會領養，和從肚子裡生出來的沒有兩樣。

「不是？」莉莉聽起來很受傷。

「不是。」我重複，因為那是事實。接著我停頓，製造一些戲劇效果。「其實是『妳』選擇了『我』。」

真的是她選了我。哈利、凱莉和麗塔一直打滾翻筋斗的時候，我和幫他們配種的太太站在一邊說話。莉莉離開他們，慢慢走向我。

「我自己想留下那隻公的，除非你特別想要他。他很活潑，但我覺得他可以接受訓練，參加犬展。」

我沒認真想過自己要公的還是母的。為了不要顯得性別歧視，也避免和這位有權決定我能否帶小狗回家的太太作對，我說：「喔，我蠻想選一隻母的。」

我端詳幼犬，尋找女生，卻無法分辨。我可能得把每一隻抓起來檢查。比貌似性別歧視更糟糕的，就是貌似變態。

這時候，我注意到後來變成莉莉的小狗在咬我的鞋帶。她咬緊，身體後退，直到鞋帶輕輕鬆開了。

「哈囉，小可愛……」我蹲下，檢查了一下。「女生。」

「那隻是最瘦小的。」那位太太回答，但語帶輕蔑。

我把那隻抱起來，她依偎在我的臉頰底下，搖擺的尾巴就像爺爺的時鐘，最小、最脆弱的鐘擺。

「我是艾德華，大家都叫我泰德。」我對著她的耳朵輕聲說，然後低頭把耳朵靠在她的頭上。我第一次聽到她說話。

現在！這！是！我的！家！

就是了。

「我選這一隻。」我告訴那位太太。

「你可以選任何一隻，如果你想要的話，那隻公的也可以。我不確定這隻的外型會長得很好。」

「都一樣，我沒打算帶她參展，所我選這一隻。」

我擔心了一秒，怕她繼續勸退我。她看著我們倆，我抱著小狗，一副怕被搶走的模樣。終於，她表情軟化，變得溫和。我心想，該不會因為有人把最瘦小的帶走，其他比較漂亮的正好可以多收點錢，所以她鬆了一口氣。

「好像有點像她選了你。」她停了一下又說：「我想緣分就是這樣。」接著她露出歪一邊的笑容，像一個汽車業務剛剛以定價賣出一台瑕疵品。

我在地產大亨的圖板旁告訴莉莉這個故事，她聽了似乎很滿意，甚至感動。我對著她笑，其實是對著她的側臉，這樣就不用面對那隻章魚。她甩甩頭，耳朵來回拍打，頸圈的鈴鐺和狗牌的聲響活絡了房間。她停下來後，我才發現我一直緊抓著椅子，手指都發白了。其實我希望她用力甩頭，把那隻章魚甩掉，飛過房間，撞到牆壁，當場死掉。

我今晚第一次看著她的頭，那隻章魚還在那裡，還是吸得那麼緊，只是現在（我真的不是開玩笑），那王八蛋竟然對著我笑。

我操你媽。

莉莉一臉疑惑看著我。「什麼？」

我趕緊轉移注意力。「該妳了。」希望讓她繼續玩。

「不，不是。」

「是。妳擲出兩個四，所以妳要再擲一次。要我幫妳擲嗎？」

「我看起來像是忽然長了手嗎？」她從我這裡學到諷刺，以前我沾沾自喜的事，這下子覺得有點傷人。

我擲出骰子。兩個二。莉莉和我對望許久——我們都知道那是什麼意思。我不情願地拿起她的戰艦，直接放到監獄裡。

星期六傍晚

有時候洛杉磯是整個地球最奇妙的地方。當聖塔安那的風吹過，空氣既溫暖，又非常、非常清新。藍花楹盛開的顏色是最耀眼的淡紫色。溫暖的二月天，整個國家其他地方都還蜷縮在毛毯裡啜吸熱湯的時候，海面波光粼粼，雙腳踏在金黃的沙灘上，任細沙流進腳趾之間。也有其他時候，當藍花楹的花凋落，下起怪異的紫色雨，洛杉磯就像正要開始的夢。這座城市彷彿是一九七〇年初蓋的公路休息站，沒有必要繼續存在；是設計師蓋了另一個更好的城市之後感到後悔的地方；是專為俊男美女建造的遊樂場，讓他們在裡頭吃著昂貴的沙拉。

我翻著那種沙拉的菜單，每一道都如此荒謬，我無所適從。我想要醃漬豇豆的蔬菜拼盤嗎？也許我今天的心情比較想要熱炒甜菜根與菊苣。或者我想要五十種食材做成的瓜地馬拉沙拉呢？這就是我住的城市。我說得出哪五十種嗎？我緊閉嘴唇，難以抉擇。嘴唇很乾。

「我想我對翹唇牌（ChapStick）的護唇膏上癮了。」我抬頭。我就那樣脫口而出嗎？

「你怎麼可能對翹唇牌上癮？」他問，同時把飲料一飲而盡。他的額頭在滴汗，但我不覺得那是因為緊張。我覺得他單純是那種很會流汗的人。

「有人告訴我，他們在翹唇牌裡面加入非常少量的玻璃粉。他們就是那樣讓你上癮。那些微小的碎片會在你的嘴唇留下極細的刮痕，你的嘴唇就會乾燥，你就需要更多……翹唇牌。我有一次認真研究它的包裝，除了百分之四十四的礦物油、百分之一‧五的二甲胺基苯甲酸戊酯、百分之一的羊毛脂，還有百分之〇‧五的鯨蠟醇，應該還要寫上百分之四‧五的碎玻璃。但是沒有。」他目瞪口呆地看著我。我不知道該怎麼辦，只好繼續。「那只是掩護。紐澤西麥迪遜的懷賀羅賓健康產品公司，也就是翹唇牌的銷售公司，可能是奧馳亞集團旗下的公司。這個集團是從前菲利普‧莫里斯（Philip Morris）[5]的易名，這樣大眾比較不會聯想到菸草。」接著，為了強調，我補上一句：「他們底下很多員工。」

我伸手拿了盤子裡最後一片開胃豆薯，聳聳肩。我的內心不斷告訴自己，我應該取消這個約會，但我現在人在這裡。我很生氣，因為我不聽自己的話。我應該和那個擁抱哥再來一次約會，但相反的，這就是活在未知當中的我，而且我覺得爛透了，根本是浪費時間。我知道，他知道，他沒說出來（事實上他什麼也不說），所以我喋喋不休填補空白。說真的，我簡直像個白癡，還有點像個陰謀論者，但不是那種相信小綠人，有趣的陰謀論者。而是另一種，那種寫下不滿，連同爆炸裝置以快捷寄出的陰謀論者。連我都不會跟我自己約會，他也不應該來。

我和這個新的男人之間email的火花還算可以，但網路交友有時候會這樣。幾封開心的email，幾次你來我往，見面之後？不。沒有。零。活到現在，我早應該看破這點，但我沒有，仍然在碰運氣。這就是為什麼幾封興奮的email，幾次你來我往，已經不再令我興奮。那不代表你會燃起看見那個人裸體的慾望。有些事情，像是很會流汗，照片是看不出來的——尤其是他們運動的照片。你以為，喔，他流汗是因為他在魯尼恩峽谷健行，或在海邊擲飛盤。你不會聯想到他們光是坐在餐桌看著沙拉菜單照樣滿頭大汗。

「你對什麼上癮嗎？」我發現我最好把他拉入對話，否則我要開始自顧自的說起感冒糖漿的事了。

「性。」

我不知道他是不是在說笑。如果是，還算有點好笑。如果不是，我可能會被強暴。我假裝他在說笑，繼續進行。

「你的工作是什麼？」

「我是空服員，但我打算辭掉，改行當專業的遛狗師。」

他媽的洛杉磯「專業」遛狗師。那是一種專業嗎？難道遛狗的人，都是以業餘的身分在參加奧運遛狗大賽嗎？我猜我就是。業餘的遛狗師，那才是我現在該做的事。傍晚和莉莉悠閒地散步。烏雲五點才剛散開，剛好有一道和煦的光穿透過來，此時和她出去散步正好。那可能是我們好幾天以來第一次看見太陽。忽然之間，我更不想待在這裡了。

5 譯注：菲利普．莫里斯公司是世界上最大的菸草公司，有名的產品是萬寶路香菸。

「聽起來像是……」我該怎麼禮貌地回答？「……跳槽。」

「事實上，那是高昇。」

「那讓我覺得空服員很可憐。」我往後，想像他流汗的手遞給我一杯薑汁汽水。

「呃，在這裡可是高昇。在洛杉磯，人們為了他們的狗可是不惜代價。你有寵物嗎？」

「沒有。」我試著回憶我的個人檔案（裡頭有多少關於莉莉？），拿捏他真的看過我的檔案而且記得夠清楚，以至於發現我說謊的機率，或者他只是瀏覽我的照片，並注意到沒穿上衣的那一張。我不該喝了一瓶紐西蘭白酒後寫下那一篇，我更不應該上傳一張沒穿上衣的照片。都是酒精的錯。

「我也沒有。但是我想養寵物。」

這句話（除了剛才性的笑話）是他最有趣的事情。我甚至不知道他所謂的寵物是什麼——狗、貓、爬蟲、鳥，還是日本小孩以前帶著吱吱叫的鑰匙圈，還是地鼠、魚、石頭——不過他想要養寵物。

我試著思考如何技巧性地提前結束。如果沒有發展可言的話（毫無交集，甚至連上床的興致都沒有），應該有個禮貌上可接受的方式，直接站起來走開。我的意思是，如果這個人沒什麼明顯的問題——他們就像「網路上那樣」，但你就是，不管理由是什麼，沒有感覺——應該有什麼方式可以起身離開。如果他們明顯有問題，你還可以當面說。也許不必說得很白，但你可以說：「抱歉，我覺得我們不適合。」有一次，我光和一個人握手就害怕得發抖，而且我們不是在非常開放的場合見面，所以我說了那句話就走了。還有一次，我希望我當時直接開口，而不是在茶餐廳忍耐，還得回答類似「緊急的時候你會氣切手術嗎？」這種問題。（在此澄清，不，我不會。）但一旦約會到一半，你好像就有義務等待約會自然結束。我和傑佛瑞第一次約會長達兩天——真的有很多話可以說！我想那變成很高的標準。

我出門的時候莉莉在睡覺，我覺得自己很像那些想要把小孩叫醒的新手父母，確認他們是不是還活著。雖然她睡覺時通常左側貼地，今天下午卻換成右側，章魚朝下。很好。也許章魚會被她腳掌圖案的毛毯悶死。不然她也會把身體蜷曲起來，因為那個姿勢，我也叫她豆豆。我已經開始期待結束這場冗長的約會，我和莉莉要看電影。星期六晚上我們看電影。我希望她好好休息。也許我們會點印度菜。街頭那家餐廳的蕃茄薑汁鷹嘴豆真的很好吃。我又陷入思考該怎麼結束這場折磨。呃，既然你本人沒那麼有趣，我想我要走了。如果那麼容易開口就好。我應該直接離開，和那個擁抱男第三次約會。至少我對他還算感興趣，想知道他對我是否感興趣。我為什麼要先擁抱？

「小孩呢？」我問。「你想要小孩嗎？」我還蠻喜歡小孩的——我有一個姪女，我超愛她。但現在的我，當年輕爸爸已經太老，而我又不想當一個老爸爸，再說我單身，那不是憑我一個人就能做到的事。雖然我在約會網站上註冊，我也不想為了小孩改變我的感情關係，所以我不覺得自己未來會有小孩。

「不。絕對不要。我不要小孩。」

「喔，這樣啊。我想要小孩。一定要小孩。很多很多小孩。我們要組一個合唱團，巡迴歐洲的中型城市，像是杜賽朵夫。」就這樣，我脫身了。

回家的路上，我忽然想吃冰淇淋。我停在雜貨店，直衝冷凍食品區，挑了一杯Ben & Jerry's的焦糖冰淇淋給自己，一杯香草給莉莉，不需要原因。有一年夏天，她還小的時候，我們一起開車出去。我看到一個可以從窗口點餐的冰淇淋店，於是靠邊停。我們下車，一起穿越碎石停車場。我點了薄荷巧克力豆甜筒，因為他們的薄荷巧克力豆是綠色的，而且對我來說綠色的一定比較好吃（雖然他們用的色素可能會致癌）。我們坐在草地上的野餐桌，我把莉莉掏起來放在大腿。

這！是！什麼！雲！你在！舔！我！愛！舔！東西！我！想要！舔！那個！

即使在我狀態最好的時候，我也會希望生活讓我感到興奮的程度，能像冰淇淋讓她感覺到的那樣。所以我把甜筒拿到她嘴邊，讓她舔了一下。她立刻回應。

這！個！好棒！我們！一定！要！舔！這個！每！一！天！

我根本沒辦法吃甜筒。她站在我的大腿，前腳趴在我的胸膛，尾巴以最快速度擺動，而且後腳想要爬上來，在我的腹肌上尋找著力點，任何可以讓她更靠近薄荷獎賞的地方。

「喂！喂！」我抗議。「坐下！」她照做了，她的右腳在我的左腿上不動，她的左腳在我的右腿上試著保持平衡。她的雙眼深情地望著我，充滿期待。

有人曾說，給一隻狗食物、住所和點心，他們把你當神，但給一隻貓一樣的東西，他們覺得自己是神。

我們一起吃了剩下的甜筒，因為我是神。

星期日，上午四時三十七分

半睡半醒之間，我夢見自己墜落，而且快要觸地之前，我的腳就會抽搐。我一身冷汗驚醒，隨即坐起來，火速把棉被丟到後面，伸手尋找莉莉。

那隻章魚在床上嘎嘎作響。牠的手腳活了起來，一共八隻，扭動圍繞著莉莉，輕柔卻別有用意，而我知道，牠的潛伏期結束了。

我把手放在莉莉的胸膛。沒有動靜。我的心跳停止。於是我用力按，感覺到了！她結實的軀幹如往常上下起伏。她還在。她沒事。那隻章魚的手慢了下來，然後停止，恐懼也較不迫切，事情多少又回到星期四我初次發現章魚時的模樣。

我試著回想，我醒來的前一刻是不是在作夢。好像站在一艘船上，而且莉莉也許在那裡。也許她在那裡，也不在那裡。夢裡面的事情可能發生在數個不同的星球。我想我當時在追逐什麼。不是追逐，是獵殺。我甚至不確定有沒有船或到底是不是一場夢。感覺比較不像一場夢，而像一段回憶，但這段回憶已經想不起來。

莉莉的胸膛再度上下起伏，她的呼吸深沉、宏亮。

她成為我的狗之後，前三個月並沒有睡在我的床上。她睡在我旁邊的木板箱。起初在房間的另一邊，但剛來的頭幾個晚上，她嗚咽又哀鳴，感覺不到其他幼崽的體溫而無法入睡。日復一日，我的判斷力逐漸受失眠影響，把木板箱拉近一點，直到我的手指可以放在搖擺門的柵欄之間。我和她睡在一起，我在床上，她在木板箱，有時候我的手指碰觸到她的腳掌。我們就那樣睡覺，直到該把她結紮。摘除子宮手術後，她拒絕戴上防止她舔舐傷口的頭套。**這！是！我！見過！最！愚蠢的！東西！我！永遠！不會！戴！這個！**

沒戴頭套的時候，我若不在場阻止，她就隨心所欲地舔傷口。因此白天我走到哪裡都帶著她，晚上我帶她上床，睡覺的時候，伸長一隻手越過她的身體。沒想到這個姿勢竟然讓她不去舔傷口，我只是想安撫她。這個動作足以讓她一覺到天亮，不被傷口的不適打擾。

她再也沒有在我的床以外的地方睡覺，除非我們分開。

她的傷口癒合拆線後，我的手就不再伸過去。既然可以在床上自由走動，她立刻鑽到床的尾端，想要睡在我的腳邊。我和她僵持不下。我試著讓她知道，如果她堅持睡在棉被底下會悶死。她往下鑽到我的腳邊，我就把她拉上來呼吸。然後她又往下鑽到我的腳邊，我又把她拉上來呼吸。我們來來回回好幾小時，沒完沒了。第二天深夜我忍不住發火。

「好，妳想睡在那裡？那妳就悶死，妳就停止呼吸。妳這輩子最後一刻想的就是我是對的而妳是錯的，妳進墳墓的時候會後悔自己的腦袋只有一顆核桃那麼大。」

我掀起棉被，往下瞪著她，發現她也瞪著我。那時我沒別的辦法，只能放棄馴服一條臘腸狗。那根本是沒有意義的。我只知道我累了，我要睡覺。早上我再把她的屍體從床上挖起來吧。

到了早上，她當然沒事。她蹦蹦跳跳到床的邊緣，迎接清晨的太陽。她伸展前腳，變成一個複雜的瑜珈動作，大打呵欠趕走睡意。

今晚想鑽到床尾，在棉被底下尋找避難地點的是我，我想感覺安全、溫暖、被保護著。遠離那隻章魚的惡夢，遠離牠揮舞的手腳，遠離我心中的惡兆。

星期日晚上

星期日我們吃披薩。莉莉和我的這個習慣源自我的童年。我小的時候，星期日晚上就是披薩之夜。我妹妹梅莉迪斯和我會輪流跟我爸爸一起做披薩，而且那天晚上我們可以喝汽水。雖然週末就要結束了，這仍是我們期待的大事。我母親也很開心，因為總算可以不花力氣就讓小孩吃飯，我們從來不懂得感激她在這件事情上的功勞。（但是，她天生不懂得放鬆，而且她花費時間做些難以令人感激的工作，例如熨燙我們的床單，拿尺寸不合的吸塵器接頭清理冰箱底下。）我妹妹和我喜歡，因為能和我爸爸一起做，而且我們會在廚房的月曆上標示哪個星期天輪到誰幫忙鋪上披薩的餡料。這天晚上另一個重頭戲是美式足球賽的最後一節或《六十分鐘》片頭熟悉的倒數計時聲。

莉莉和我持續這項傳統，雖然我們通常會叫外送披薩，這樣莉莉便可以像瘋狂指控女巫的村民，對著外送的人狂吠。我覺得她也很期待，雖然週末即將結束，但是瘋狂的一週再度開始之前，我們還有一些親密的時光。

我問莉莉想不想點披薩的時候，那隻章魚正好箍緊牠邪惡的手腳，於是第一次癲癇發作。我發現不對勁，同一時間，莉莉出現疑惑的表情，並且退後。接著毫無預警，她忽然腿軟，失去重心往側邊倒下，四肢僵硬，似乎停止呼吸。

「莉莉！」

她的後腿抽搐，全身顫抖，眼睛盯著遠方某處，我放下手上的披薩菜單，奔向她身邊。「莉莉！」我再度大喊；她彷彿聽得見，但無法回應。我跪下撫摸她的脖子，試著扶著她的頭，以免她去撞亞麻地板。抽搐幾下後，她的腿開始僵直地動，沒有彎曲，接著嘴巴吐出一些白沫。從頭到尾大約只經過三十或四十秒，但感覺無限長，當癲癇漸緩時，我已熱得全身是汗。

「噓……噓……」我安撫她，怕她想要立刻站起來。我溫柔地輕拍她，像她晚上躁動不安的時候哄她睡覺那樣。終於她的眼神再度看著我，而我盡全力微笑，不讓她過度警覺，但我有點太做作，看來不只是奇怪。

「你的表情很詭異。」她說。

我扶她起來，但沒有鬆手，以防她又倒下。她試著走幾步，而我就像教小孩騎腳踏車的父親一樣緊張，孩子搖搖晃晃，我抓著後座。莉莉往牆壁走了三步，接著又跌倒，呈現坐下的姿勢。

「慢慢來，好嗎？」

她甩頭，耳朵上下飛揚。「剛才……真是奇怪。」

「是很奇怪。」別再那麼做了。我想加上這一句，但我知道不是她的錯。是那隻章魚。

很難說這件事對誰來說比較震驚，對她還是對我。我抖動腳掌圖案的毛毯，鋪在床上，讓她躺好，輕抓她的脖子，要她睡覺。

「披薩怎麼辦？」她似乎累壞了，像個連續大戰十二輪的拳擊選手，每一輪都是激戰。

「妳先睡一下，我會叫披薩，等妳醒來就會聞到，披薩來了。」

她打了呵欠，下巴嘎吱的聲音像生鏽的門軸，不忘叮嚀我點她喜歡的臘腸口味，好像我真的會忘記一樣。

「我知道，妳是臘腸犬嘛。」

她很快就沉沉入睡。她的胸膛和柔軟的肚子隨著緩慢的呼吸上下起伏。我坐在地上，坐在她身邊，雙手緊抱膝蓋，製造她喜歡的眼睛雨水，但不是太多。我不知道憤怒從哪裡開始滋長——我的心、我的腸、我的腦、我的魂——但過去四天，自從那隻章魚第一次現身，憤怒已經移轉。我直瞪著牠的眼睛。

「你。」我被自己低沉的喉音嚇到。

沒有回應。

「**你！**」這一次我刻意大聲吼叫。

那隻章魚蠕動起來。牠的手臂在莉莉熟睡的頭上揮舞，像昨天晚上一樣，同時一隻眼睛慵懶地睜開。我驚心怵目，感覺自己正往下挖著亞麻地板，才不會落荒而逃。他媽的。這是什麼鬼東西？我鼓起勇氣，緩慢靠近，他昏沉地對我眨眼，我們都不敢輕舉妄動。

牠開口：「如果你是在跟她說話，她已經睡了。」

我後退一步。我料到牠會說話嗎？我不知道。我繃緊神經，心生狐疑，但牠開口說話也不是不可思議。牠？牠是個男的，我想，那聲音是個男的。我想我明白這一切遲早會發生。一章即將結束，另一章就要開始。如此難以對付的敵人會宣示牠的存在。

「我在跟你說話。」既然這是第一次正面回應那隻章魚，我更應該三思而後行。但這全都是直覺，全都是情緒；想說的話就會直接說出口。

「我能為你做什麼嗎？」牠的聲音單調，幾近惱人。

「操你媽，就是你能做的。」我瞪著牠，等牠回答。

那隻章魚假裝不服。「沒必要這麼粗魯。」

我低頭怒視那隻章魚。「滾。」

那隻章魚一時之間似乎在考慮。牠抬頭凝視天花板，盯了半晌，接著轉回頭來，看著我。「不要。」

我站起來，接近一米九的身高，我伸長雙手，試著讓自己看起來巨大又可怕。我想，你遇到熊的時候應該這麼做，還有其他令你害怕的生物也是。為了彰顯體形上的優勢，我挺起胸膛。「滾。走。『現在』。」

「抱歉，辦不到。」

「你就能來？**給我滾**。」這幾句對話透露的冰冷足以令房間溫度下降十度。

「恐怕沒那麼容易。」他說。我討厭他那副自命清高的模樣。「抱歉」、「恐怕」，說得好像牠想走但走不了，不是牠能控制的。

「我不會讓你贏的。」

「贏什麼？到底？」

「**你攻不過來！**」如果我可以掐死牠，如果我可以抓住牠的手腳，把牠從莉莉的頭上捏起來，我一定會。我會將牠開腸破肚、五馬分屍、粉身碎骨。但我不敢，我不知道牠是怎麼黏在莉莉頭上的。

「我們在玩遊戲嗎？」我恨自己沒能佔上風。牠冷靜的語調更令我憤怒。

「你想對我做什麼？」我大吼。

「什麼都不想。」

我轉身，摔了我放烤盤的櫃子，烤盤發出吭啷聲。「你想對『她』做什麼？」

停頓。「我還不確定。」

「我會盡我所能阻止你。」

「你若沒盡全力我會失望的。」

我腦子裡想得到的只有凱特．布蘭琪的台詞，我以伊莉莎白一世正面迎擊西班牙艦隊進犯的氣勢說：「我內心有陣颶風將橫掃西班牙，如果你敢！」

那隻章魚再度昏沉地眨眼。

「你聽到沒，章魚？」我咬牙切齒，怒吼，甚至噴沫。我的雙頰發熱，拳頭喀喀作響。「『我內心有陣颶風！』」

「是喔？」那隻章魚不相信，簡直把我惹得爆炸。

「我認真的，你這王八蛋。我們早上就會去找獸醫，我會不惜一切阻止你。我會提高所有信用卡的額度。我會拜託，去借，去偷。我會要求所有的檢查，所有的藥，所有的設備，所有的治療。」

那隻章魚眨眼，卻沒有退縮。他用懷疑的口氣說：「你會嗎？」

如果牠不是黏在我的摯愛脆弱的頭上，我會把這間房屋的牆壁推倒，壓在牠頭上。我這輩子從沒這麼憤怒。

多半因為，牠說的是對的。

Part 3

無脊椎動物，五年前

受困

「來舊金山。」是我妹妹，梅莉迪斯。

「什麼時候？」我問。

「後天。」

混亂的機場裡，我望著另一頭的傑佛瑞，他正試著更改機票時間，好讓我們早一點離開甘迺迪機場。我在二十五米外，坐在骯髒的地板上。電話插在唯一的充電站。我們在東岸待了八天，和他的家人一起過聖誕節，然後又在城裡待了幾天，就我們兩人，漫步、探索、享受美食。但現在，前幾天還美不勝收的雪越下越大，人人都想要改機票，早點離開以免碰上暴風雪。「我不知道，我們可能會被困住。」

「那就想辦法脫困。」梅莉迪斯反常地加重語氣。

「妳在舊金山做什麼？」機場的廣播聲音宏亮，但我聽不懂內容。

「你在哪裡？我幾乎聽不到你的聲音。」梅莉迪斯說。

「紐約，正在想辦法弄到飛機回家。為什麼要我去舊金山？」

對話那頭沉默。

「梅莉迪斯？」

「我要結婚了。」

我的下巴掉下來，我眼前有個沒人理會的小孩瞪著我。梅莉迪斯解釋，她和男友法蘭克林聖誕節去拜訪他的父母，法蘭克林當天向她求婚。他們決定省略訂婚，回華盛頓之前直接在市政廳立下誓約。技術上他們倆是私奔，但既然他的父母住在當地，會前來證婚，而既然我住在洛杉磯，她希望我和傑佛瑞當她這一方的證婚人。她說完後問了一句：「紐約好玩嗎？」彷彿什麼也沒發生。

「好，很好。」我回答。我的聲音被另一則宏亮的廣播吞沒，另一家人推著堆積如山的行李，推車的輪子嘎嘎作響。我分不清楚自己說的是謊話還是實話。

「我聽不見。」梅莉迪斯大聲說。

「妳沒邀請媽媽？」我問。

「你知道媽。」

「知道啊，我認識她。」對面的男孩張大鼻孔吐舌頭。我也回敬鬼臉。

「她不適合參加婚禮。說不定她連自己的婚禮都不想參加。」

「我可不確定。」雖然我不知道我妹妹指的是哪個婚禮——跟我父親結婚那個（我無法想像，因為沒有任何照片），還是她第二次的婚禮，和她現任的丈夫結婚，那一次我和梅莉迪斯都去了。

「泰德，你會來吧？」

鼻孔張得更大。「當然。」

「我聽不到你的聲音。」

我提高音量。「我們舊金山見。」

一個打扮貌似自由女神的女人站在航廈中央，我好奇她要如何通過安檢。我心想，她該不會是昨天我們在時代廣場，一時衝動跑去折扣票亭排隊時，在那裡發小冊子的自由女神。不管她賣什麼給我們，我們都拒絕。後來我們買到《毛髮》（*Hair*）百老匯重現的前排票。閉幕的時候，他們請前幾排的人上台跳〈讓陽光照耀〉（Let the Sun Shine In）——成為我們百老匯的出道作品。身為一個有時努力不被發現的人，站在舞台上揮動雙手，感覺溫熱的燈光照在臉上，還有漆黑之中的觀眾（但就在那裡），還真是令人興奮。

生命在你周圍、在你體內；
讓陽光；
讓陽光照耀。

我們從四十五街的出口離開艾爾赫施菲德劇院，跟隨著人潮湧進時代廣場的時候，我依然能夠感覺舞台白光的熱度。我可以「看見」陽光，即使當時天色已暗，而且開始飄下最輕柔、最神奇，像電影裡頭一樣的雪。賣栗子的攤販，身上掛著醃黃瓜桶的街頭藝人，特價的慶祝彩帶，布置除夕場地的工人——所有東西似乎都在發光。所有東西都是，除了傑佛瑞。傑佛瑞躲在自己的烏雲底下，擔心下雪，擔心天氣預報更多的雪。我說服他和我一起買一片披薩，答應他回到旅館再吃。我坐在窗邊吃著披薩，看著城市漸漸熱鬧起來。傑佛瑞過來看看天氣。他試著打給航空公司，等了四十五分鐘後他只好放棄。我答應他明天天一亮就去甘迺迪機場，才說服他上床睡覺。

現在我們到了機場，我急著回家。我想念莉莉。如果我們搭上這班飛機，說不定來得及去寄宿家庭接她，一起過個小小的聖誕節。我在家裡為她準備了一個襪子，裡面有牛皮骨、會吱吱叫的填充玩具，還有一顆新的紅球。傑佛瑞很焦躁。他焦躁的原因不是想回到莉莉身旁（雖然我確定他也想念她）。他是為了確定而焦躁，為了能夠執行我們的計畫；他需要控制所有情況的慾望就要暴衝。其實很好笑——看著他在暴風雪面前掙扎——我的意思是，你要怎麼控制天氣？拜託，傑佛瑞。生命在你周圍、在你體內。讓陽光照耀！

我的電話在地板上震動，我低頭看，以為是傑佛瑞傳來飛機的班次，但沒有訊息。於是我看看傑佛瑞的電話，他有一通簡訊，是他的朋友克利夫。

你什麼時候回來？我想玩。

克利夫。我認識誰叫克利夫嗎？我以為他是傑佛瑞線上撲克的朋友。我望著機場航空公司的櫃台，但沒看見傑佛瑞。我左右搜尋航廈，毫無蹤影。有個影子落在我身上，我幾乎要恐慌。是傑佛瑞，拿著兩杯咖啡對著我笑。「成功！」

我們在飛機上的時候，傑佛瑞從背包拉出耳機，插進他的筆電。

「你要看電視嗎？」我知道他總會下載一些節目在飛機上看。

我的口氣一定帶著某種控訴，因為傑佛瑞的回答有些遲疑。「我本來要看。」

我們從不花大把時間看電視；我們會聊天——心煩的事情互相安慰，詭異的事情一起大笑——但最近電視幫助不小。有一次在派對上，我們樓上的鄰居把我拉到一邊，說她深夜可以聽到我們的臥房傳出笑聲。她很高興，說我們真是天造地設的一對。我咬著下唇，以免自己說出來，那是傑佛瑞在看《歡樂一家親》的重播。

傑佛瑞闔上筆電安撫我，他把手機放在筆電上。「你想聊聊嗎？」

我盯著他的手機，想著我看到的簡訊，忽然間手機顯得礙眼。**你什麼時候回來？我想玩。**「我想要玩」指的當然是撲克。那一句話沒什麼特別。但是你什麼時候回來？他為什麼一定得回去，才能玩線上就能玩的遊戲呢？

「你什麼時候回來？」每次我必須離開莉莉的時候，她總會這麼問。第一次是我帶她回家大約四個月後。我從衣櫥深處把行李箱拉出來，她雙眼為之一亮。我打開行李箱，她立刻跳進去，毫不畏懼，而且當時她還是幼犬，坐下時，屁股周圍的皮膚擠出幾條皺紋。

這！舒適的！箱子！是！什麼！這！給！我！當！床！正好！我！愛！它的！四邊！還

有！鬆緊！帶！

「這是行李箱。我得放我的東西進去，這樣我才能旅行。」

「太棒了，我已經在裡面了，你可以出發了。」

「可惜，我不能把妳放進去。我要放我的衣服、鞋子和刮鬍刀。」

「為什麼我不能進去？我也是你的東西啊！」

我在行李箱旁邊坐下，抓抓她的頭。「事實上，妳呢，是我最珍貴的東西。」她把鼻子舉得老高，瞇起眼睛。「但是妳要住在附近一個地方，自己來趟冒險。」

莉莉用那雙充滿靈魂、杏仁形狀的眼睛看著我。「我們的冒險**不一樣**？」她拉著我心裡的繩子，就像小時候在狗園初次見面拉我的鞋帶一樣——慢慢地，但別有用意。

「妳的冒險會很好玩。妳會和其他小狗一起玩耍，就像妳小時候和妳的兄弟姊妹哈利、凱莉、麗塔玩耍一樣。」

「哈利、凱莉、麗塔？」

「對。我不知道其他小狗的名字，但我確定他們也很乖。」

我找的寄宿家庭在城外，乾淨、溫暖又生氣勃勃。狗兒隨心所欲穿梭在房屋裡外，小型犬和幼犬還有專屬的區域。裡面聞起來像松樹。

一位女士前來招呼我們，盡可能減輕我們的害怕。莉莉和我都很擔心。「這是莉莉嗎？歡迎，莉莉。我想妳一定會喜歡這裡的臘腸犬。他們的名字是莎蒂、蘇菲和蘇菲—蒂。」

莉莉轉向我。「他們就是你不知道名字的小狗嗎？」

「沒錯，但現在我知道他們的名字了。他們是莎蒂、蘇菲和蘇菲—蒂。」

「他們不是哈利、凱莉和麗塔。」

「不，他們是莎蒂、蘇菲和蘇菲—蒂。」

莉莉思考了一下，接著說：「我媽媽的名字是維琪—噗。」

我掏起莉莉，讓她在我的手上坐穩。「他們不需要知道那個。」

那位女士接過我肩上的帆布托特包，裡頭裝著莉莉的食物和玩具。我調整姿勢，讓莉莉的腳趴在我的肩膀上，在她的耳邊小聲說：「一個禮拜之後，我會來接妳。千萬不要以為我不回來了。」

「你什麼時候回來？」

「七個晚上，我就會來接妳了。」

我親吻她的頭頂，把她放在地上。我把牽繩交給那位女士，現在我的狗歸她管了。「來吧，」她說：「我帶妳去找莎蒂、蘇菲和蘇菲—蒂。」接著她轉向我。「她不會有問題的。」

我點點頭。我知道，但我也不知道。她不會嗎？她會好好的嗎？莉莉站著，轉身看我，我們彼此都嚥下重重的喉嚨。

那位女士打開小型犬區的柵欄，我瞥見其他三隻臘腸犬。兩隻長毛，一隻和莉莉一樣短毛。我想像短毛的那隻是莎蒂，因為她的毛色有花紋，和其他兩隻明顯不同，其他兩隻應該就是蘇菲。他們三隻都搖著尾巴歡迎莉莉。

哈囉！哈囉！哈囉！我是！莎蒂！我是！蘇菲！我是！蘇菲！蒂！

莉莉停了一下，然後搖著尾巴進入柵欄。進去之後，牠立刻消失在一團腳掌、尾巴和耳朵當中，門也在她身後關上。我最後聽見的是她與眾不同的叫聲。

我是！莉莉！

上車後，我忍不住痛哭失聲，多麼荒謬。

她怎麼知道我會回來？她怎麼知道我不是把她送給別人了？

因為她信任我。

就像我應該信任傑佛瑞。那通簡訊可以合理解釋。「我想要玩」指的是撲克。

我轉向傑佛瑞，他的筆電再度打開，耳機插上。我剛剛恍神了。對於他看電視，我先是小題大作，又忽然置之不理。

我深呼吸，試著重啟對話，拍拍他的肩膀，把一邊耳機摘下。「我們回去後，還有幾天才要開始工作，你要不要去舊金山？」

我等著他回答。我等著他的身體抗拒突如其來的詢問。我等著他把陽光擋在外頭，捏造他必須待在洛杉磯的藉口，某些掩蓋他和克利夫「玩」的事情。

但是沒有，他只是微笑著說：「好。」

脊椎

我的手機鈴聲透露惡兆，音調扁平，接起來之前已有不祥預感。我手忙腳亂從口袋掏出電話，差一點就轉入語音信箱。現在可沒時間出任何差錯，我們明天早上就要出門去梅莉迪斯的婚禮。

是傑佛瑞。「莉莉不對勁。你快回家。」

我看了手錶。剛過下午三點，我也差不多要回家了。我剛離開超市，最後一個待辦事項是去乾洗店拿我們婚禮要穿的西裝。

「可以再等三十分鐘嗎？」

我心裡想了莉莉可能的問題。嘔吐、拉肚子。都不好，但都不是世界末日。聖誕節的襪子放了太多零食嗎？跛腳？以前她的腳掌曾經卡了一根荊棘，像古老的寓言〈安卓克利斯與獅子〉（Androcles and the lion）。當時必須輕輕壓著她好幾次，才能讓她乖乖坐著，取出那個尖銳的東西。流血？流血簡單，只要壓住就行。傑佛瑞可能太大驚小怪。不管是什麼問題，應該都可以等一會兒。

「她不能走路。你現在快回家。」

我衝進家門，看見莉莉在她客廳的床上，傑佛瑞坐在她旁邊的地板。莉莉看見我的時候，臉上既灰心又難過，而且她沒起來，也沒搖尾巴。從聖誕節的襪子拿出來的新紅球靜靜晾在一旁。她無法像以往一樣歡迎我，這件事就足以讓我的胃糾結。

「發生什麼事？你們兩個？」我不太想知道答案，不到十八個小時，我們又要搭上飛機。

「你看。」傑佛瑞說。

他小心翼翼把莉莉從她的床上抱起來，謹慎專注的模樣就像我們剛開始交往的時候。當時他還沒和莉莉建立感情，不確定怎麼做才對。他把她的腳掌放在前後左右四角，她的後半身立刻癱軟，後腿成八字形滑向兩旁，完全無法使力。

突然間我的心沉到谷底，思考呼吸變得困難。

我跪在他們旁邊，一隻手伸到莉莉結實的胸膛底下，另一隻手伸到柔軟的肚子底下。我再度扶她起來，雙手撐著她，幾乎不敢放手。

「請妳站著。」我的口氣像在命令被催眠的人。當我鬆開肚子底下的手，她的腿再度往兩邊劈開，趾甲在木質地板上刮出痕跡。「拜託。」這次我用求情的口吻。「請妳站著。」

我再次鬆手，又是趾甲刮地板的尖銳聲和無力的雙腿。我趕在她跌倒前抓住她。

「發生什麼事？」

「沒什麼事。」傑佛瑞回答。

「一**定**有事。」我提高音量，又加了一句：「你做了什麼？」

「我**做了**什麼？」傑佛瑞震驚。

我們認識之前莉莉早就和我在一起了。我們認識之後她才變成他的狗，我們交往的這段時間，他們之間的感情和我們兩人不同。他並不像我那麼關心莉莉（或者，老實說，放任），而且當他不滿她的行為時，他老像個繼父一樣撇開責任，雙手一攤，說她是「你的狗」。這件事雖然不一定是傑佛瑞的錯，但我不管。

「你是在怪我嗎？」

我瞪著傑佛瑞。我在責怪他嗎？就連這個時候，我也忍不住想，我的指控是關於莉莉，還是那通簡訊。我不知道。但我可以感覺莉莉在我的手上發抖，我馬上清醒過來，現在不是吵架的時候。「不，不是，當然不是。」

「我希望不是。」

「我**不是**。」我一邊安撫他，一邊把莉莉放回床上，至少她可以靠在床墊上。「先看著她，我打電話給獸醫。」

獸醫的電話轉進語音信箱，我忽然想到現在是紐約時間除夕凌晨四點。我立刻翻開獸醫名錄，撥打第一個電話，雖然那個地點在城西。我說明情況，他們要我立刻帶她過去。莉莉需要立刻治療，而且時間所剩不多。

我掛上電話，抓起一條舊毛毯，把我的寶貝包起來。我小心抱著她，對傑佛瑞點點頭。

「我們走。」

在車裡，我們遇到一個紅燈，我知道那是個很長的紅燈，於是我忍不住開始啜泣。我現在的選擇，就我看來，不是在她的後腿裝上輪子，或者，很有可能，讓她安息。毫無預警，毫無躊、站或任何動作，莉莉在我腿上的毛毯大便。我的啜泣瞬間失控。她要死了，我的寶貝，就在我的大腿上。

綠燈了，我對著心不在焉的傑佛瑞大吼「走！」。他腳踩油門，混亂之中，我在外套口袋找到一個遛狗的垃圾袋。我的每一件外套口袋都有遛狗的垃圾袋——我很怕被人發現我沒帶垃圾袋。我盡可能把毛毯清乾淨，然後把綁好的垃圾袋放在腳邊。我知道傑佛瑞不喜歡，但他什麼也沒說，而且說真的，我有其他選擇嗎？我們都打開窗戶，呼吸空氣。

傑佛瑞開到城市另一邊的時間還算合理。我一看到動物醫院的招牌，立刻叫他停車，不管那個地方和我抄寫在超市收據背後的街名根本不合。一定是我慌亂之中抄錯了。

醫院的候診區很小、又熱、又亂，我擔心恐慌會發作。護士給我們一個夾板，要我們填寫上面的資料。我把夾板推回去，對她說：「沒有時間寫這些。」傑佛瑞為我的態度道歉，我看了很不高興。他接過夾板和筆。只有一個座位，他坐下來填寫資料。我靠在門口的牆上，抱著莉莉，像襁褓中的嬰兒。我們很快就進入診間，我向醫生說明情況，她告訴我們，我們要去的應該是對面兩條街外的外科醫院。滴答、滴答。寶貴的時間都浪費了。

我們轉身離開之際，有個女人，長得像電視劇《雙峰》的木頭女士（Log Lady）（雖然我才是那個抱著一隻癱瘓的臘腸犬像個木頭的人），她抓住我的手，對我說：「不管他們說什麼，不要殺了你的狗。」我想叫她滾開，但我的思緒混亂，說不出話，眼淚滿溢。「如果你留下她，她還是可以活得很快樂。」瞬間這個女人變成我的救星。

我點點頭，淚水湧出眼眶，但莉莉並沒有上前吻我的眼淚，而且一部份的大腦告訴我，我不能繼續浪費任何一秒鐘呆站在這兒，我衝了出去。

傑佛瑞直闖外科醫院的停車場，在我的催促下切過好幾台車。醫院的人在等我們，最後一個醫生也在等我們。一位技師從我手上抱走莉莉，火速把她帶到搖擺門的另一邊。我還來不及抗議，她就被帶走了。沒人要求填寫資料，沒人招呼我們坐下。沒有人叫我不要殺了我的狗。無事可做的我們，站在空盪又空曠的房間，充滿焦慮和恐懼，眼睛不知該看哪裡，只能低頭盯著腳。有免費的咖啡，但八成很難喝。何況我知道全世界都在喝著祝賀新年快樂的金色香檳，我怎麼喝得下黑色的咖啡。

短暫但恐怖的等待後，我們被帶到隱密的診間。莉莉不在那裡。那裡有兩把椅子，所以我們坐下，內心焦躁不已，直到獸醫進來。她頂著一頭金髮，表情和善，看起來很隨和，不像外科醫生，但態度有點強勢，我不禁懷疑她待過軍隊。從莉莉的神經症狀來看，她懷疑是椎間盤突出，需要進一步做脊椎顯影，確認突出的位置。

我不知道脊椎顯影是什麼，而且我知道當下沒時間教育自己，那是一種檢查脊柱病變的方法。

「所以呢？」

「所以，脊椎顯影結果出來之前，莉莉想要恢復行動，最好立刻動手術。」

「手術。」我盡可能聽清楚醫生在說什麼。

「越快越好。」

顯然根本沒有時間考慮。「所以，應該是做完脊椎顯影後才知道能不能動手術吧？」

「老實說，我現在就會做決定。做脊椎顯影需要麻醉，如果確實是椎間盤突出，最好直接進行手術。」

「所以妳現在就要我做決定？」

醫生看了手錶。「對。」

決定。最近真的不是我的強項。我想起近來令自己一籌莫展的事情。我該辭掉工作當一個全職作家嗎？我該和傑佛瑞談談我對這段關係的疑慮嗎？那通奇怪的簡訊？莉莉和我能夠重新出發嗎？

「一隻狗的脊椎手術要多少錢，如果很可能是脊椎問題的話？」醫生在我面前蹲下，笑容尷尬。她不需要告訴我我已經知道的事情：這個品種是脊椎疾病的高危險群。純種的狗都有健康問題，因為他們都是為了展示而刻意配種的。

「全部，包括麻醉、脊椎顯影、手術、恢復——我們的收費是六千美元。」

現在換我不能動了。六千美元。我看著傑佛瑞。我想著縮水的存款，想著才剛付清的信用卡帳單，想著不能去度假，想著沒有增加的退休帳戶，想著全職作家的夢想得延到明年。

「你要決定。」傑佛瑞說。「我不能決定。她是你的狗。」**你的狗**。

我想揍他。我想揍每一個人，除了可能可以救她一命的醫生。

「我先出去，你們討論一下。」醫生站起來。我意會過來之前，已經抓著她的白袍了。

「她有一顆球。紅色的，紅色的球。她很愛。她會玩上好幾個小時——丟球、追球、藏球、找球。她會玩得上氣不接下氣，就算這樣，她也會帶到床上，躺在球上面睡覺。她玩球的時候精力充沛。如果她……」

我甚至無法說完。我的眼淚再度潰堤，傑佛瑞把手放在我的肩膀上。

「如果她以後不能……玩那顆球，我不知道她活下來有什麼意義。」

醫生轉向我。她不是不感動，但她也見過許多人在這個節骨眼上天人交戰，我並不特別。

我大口呼吸空氣，繼續說：「我不想讓妳覺得我很糟糕，覺得我竟然在考慮錢。只是我不知道如果她不能玩那顆球，她活著有什麼意義。」

我的眼神懇求她。**幫她！救她！**我只需要她首肯，而她看著我，點點頭。她聽見我說的話，她試著回應。「我就在外面。」

她甚至沒有必要出去。「是妳來動手術嗎？」

「是。」她又點頭。她在告訴我莉莉會再度走動。她在告訴我她確定，但法律規定不能這麼說，因為牽扯到醫療過失保險那一類荒謬的理由。所以她無聲地告訴我，就像人質在錄影帶裡會偷偷眨眼，以免被歹徒察覺。

我看著傑佛瑞，他又說了一次：「我不能決定。」至少這次他加了一句：「但我會陪著你。」

我轉向醫生，我的心跳如雷震耳。房間很熱，瀰漫著藥味。日光燈焦躁地閃爍，要人來換新的。我的腦袋天旋地轉，但那是因為腎上腺素，不是因為思緒混亂。現在由我來決定，是我的時刻。

我站直，雙手垂下，現在我是那個姿態強勢的人。

「動手術！」

舉杯痛飲，友誼萬歲

我同意手術後，我們立刻離開醫院。幾乎是他們堅持的。畢竟今天是除夕，人力已經有限，他們無法多派一個人盯著等待室裡歇斯底里的家屬。如果手術順利，他們也不需要我來看著她或監督恢復過程。而且我一定會。我會像莎莉·麥克琳在《親密關係》裡頭一樣：「現在超過十點了，我女兒很痛。我不懂為什麼她一定要痛成這樣。她只需要忍耐到十點，但是**現在超過十點了！**我女兒很痛，你就是不懂嗎？**給我女兒打針！**」如果手術不順利，他們也不希望類似的場景在等候室上演。

於是我們回家。傑佛瑞在路邊停車，外帶中式料理當晚餐，我在車裡打電話給崔特。他人已經在某個新年派對，我無法面對那樣的歡樂氣氛。我很沮喪，只好掛電話，獨坐在車裡，不知為何，我打給我媽。鈴響的時候，我想著每次和她講話都有種不完整的感覺。我們總是聊著事情的表面，從不觸及事情本身。這通電話有什麼用處？為什麼我還需要我媽？我一聽到她的聲音就哭了，而且我恨這樣的自己，因為我知道她不會給我我想要的回應，那為何還打，自曝軟弱。

「噢，你當然很難過，她是你的寶貝。」

看？我不訝異她的同情，我只是訝異她說「當然」。我在成長的過程中養過四隻狗。不是同時，但前後長達十八年。沒有一隻是我媽的寶貝；她有兩個人類小孩，那樣已經夠了。那個「當然」是我需要的，而且我早就不覺得丟臉。我當然難過。我當然感到失落。我當然有我的情緒。她是我的寶貝，連我媽都看得出來。

我們通完電話後，我打給梅莉迪斯。和我媽講話很難不洩漏祕密，很難隱藏這種情況還得參加婚禮的壓力，但我保守梅莉迪斯的祕密。

梅莉迪斯完全支持。「我們會幫你改機票，幫你排候補，婚禮結束後讓你立刻飛回家——不管什麼，只要我們幫得上。而且我們會負擔改機票的費用。」聽見梅莉迪斯的聲音感覺輕鬆多了。「但如果可以的話，希望你來。」

我夾了幾塊左宗棠雞，戳了一個蒸餃，但我一點胃口都沒有，除了伏特加。我們本來應該在樓上鄰居家的派對，我請傑佛瑞上去婉拒。派對喧鬧的聲音不斷，時而迸出笑聲，提醒我們，不管我們多麼焦慮，別人的生活依然繼續，時間分秒流逝，舊的一年結束，新的一年開始。

但在我們的公寓，時間停止了。ＨＢＯ好像在播什麼，看起來卻像一一分解的慢動作。

直到電話鈴響。

聽見醫生的聲音，我才發現自己已經接起來了。「手術結束，莉莉很好。」我大大鬆一口氣。「脊椎顯影發現第十到十二節胸椎神經受到壓迫。我們直接開刀，在這個區域進行偏側椎板切除術。」

我不斷點頭，好像自己聽得懂一樣。我對著某個看不見我的人點頭，試著想聽，但又一直回想莉莉很好那一段，確認沒聽錯。我試著在腦中重複「偏側椎板切除術」，聽起來就像一個小孩試著說出椎板切除術：椎板切除─切除─切除術。

「基本上，我們切開椎骨，露出脊髓，就可以找到突出的椎間盤。」找到之後該怎麼做？「莉莉的手術沒有併發症，所以她已經從麻醉中醒來，平安無事。」

平安無事。說得好像被麻醉又脊椎顯影又切開椎骨又椎板切除─切除─切除術的手術是每天尋常的事情。

「她可以……她的手術成功嗎？」

我忽然意識到我站著，好像醫生走進我家客廳一樣。我不記得起身，而現在我站著。我不知道該看哪裡，沒拿電話的手該放哪裡。這個消息是我想聽到的，但不知為何我非常冷靜，伏特加的熱流麻痺了我的四肢。

「遇到類似傷害的動物，手術之後需要大約三個月神經才會恢復到原本的最佳狀況。你會立刻發現進步，但如果進步緩慢也不要氣餒。我認為有希望。」

「有希望……」樓上忽然迸出一陣笑聲，我抬頭看著天花板。

「有希望。她會康復。」

「完全?」

「有希望。」

不要再重複那三個字了。她可不可以走路?

「接下來七十二小時，她必須住在我們這裡，觀察復原情況以及併發症。明天是元旦，我們診所放假，所以後天你們可以來看她，但只能短暫探望。她現在不適合過度激動。大後天你們就可以接她回家。」

「謝謝妳，醫生。」

「很高興莉莉沒事。」

她沒聽懂我想說的話。

「不。」我慎重地說。「**謝謝妳**。」

我掛上電話，攤軟在沙發上，把剛才聽到的重複說給傑佛瑞聽，還有我們什麼時候可以探望她，什麼時候可以接她回家。

他看著我，不太知道該說什麼。「我想我們要去參加婚禮了。」

恐怕不可否認的是／我只是隻懦弱的獅子

關於我懦弱的八件事

1 五歲的時候，我父親要我走路像個男人，我照做，卻立刻感到羞愧不已。

2 七年級的時候有個法文姓氏的小孩，在學校很受歡迎。他叫我faggot[6]。但是我沒有為自己辯白，反而在想faggot的法文發音是什麼（fag-oh），而且希望地板有個洞讓我鑽進去。

3 我父母離婚的時候，別人問我，我假裝很高興。

4 高中時有個男的幫我口交，事後我告訴他那沒什麼，因為就算他可能是同志，也不會改變我是異性戀。

5 決定不主修創作，因為我以為廣泛又乏味的「傳播」是比較安全的學歷。

6 為了結束一段關係，我變得既疏遠又冷漠，對方花了好幾個月找我，想弄清楚為什麼，最後別無選擇，只好跟我分手。

7 我沒有當下詢問傑佛瑞簡訊的事。

8 每次我不跟我媽說我愛她，是因為我怕她不會回答她也愛我。

關於我勇敢的一件事

1 我離開洛杉磯去參加我妹妹的婚禮，把莉莉留在醫院，相信她會好起來。

6 譯注：同性戀之意。

東加廳與颶風吧

我看著初昇的太陽映照底下的海面。我們從太平洋起飛，搭乘短程的航班飛往舊金山。我們依照計畫在新年當天搭上這班飛機。我跟空服員要了一杯薑汁汽水，吞下我在浴室抽屜翻出的藥（我希望是煩寧，但很可能是維可汀[7]），除此之外我不發一語。我很高興座位靠窗，通常我會卡在中間，因為傑佛瑞只要靠走道的座位，其他一概不要，但飛往舊金山的是小飛機，走道兩旁只有兩個座位。沒事的話，我可以盯著窗外的景色，不需和任何人有眼神交集。眼神交集是危險的。眼神交集是槍枝的扳機。

飛機降落後，我終於可以打開電話。有兩通未接來電，第一通是梅莉迪斯，打來確認我們搭上飛機，第二通是動物醫院，打來傳達莉莉平安度過第一晚，逐漸恢復活力。我反覆聽著第二通留言，聽了四次，尋找任何他們說謊或掩飾事實的跡象，但我找不到任何不幸的暗示，所以最後也沒有回電。

梅莉迪斯在行李領取處等我們。她張開雙手擁抱我，我立刻迎上。

「你還好嗎？」她在我耳邊小聲說。

「還算好。」我可以對她實話實說，即使今天也是。我們只相差十八個月，雖然我常說我人生最棒的時光是剛出生那十八個月，但那是開玩笑的。「妳打給媽？」

「我們要私奔，好嗎？如果我們邀請所有人，列出一堆工作事項，就叫做婚禮。」不知道為什麼，我內心深處有種奇怪的感覺，但就是有。媽媽是「所有人」？我媽某些方面就像所有人的媽媽，讓我有點困擾，但很多方面她又不像——這也讓我困擾。「好吧。」這是梅莉迪斯的決定。

「但我很高興你來了！」她、法蘭克林、傑佛瑞和我在中國城找到一家麵館吃了午餐，然後到費爾蒙飯店辦理入住，我再也忍不住了。

「我，要，喝，一，杯。」

時間大約是五點（如果「大約」的範圍是三小時），所以我們去大廳的酒吧。某個討厭鬼在三角鋼琴彈著叮叮噹噹的散拍，但我的惱怒不敵渴望，所以點了雙份伏特加加冰塊。梅莉迪斯同意參加臨時舉辦的單身派對，部分在我的慫恿之下（單身派對聽起來是個喝酒的好藉口），條件是她不用戴皇冠或吹陰莖形狀的口哨。我向法蘭克林道歉（他未受邀），接著打電話給我朋友阿倫，他現在住舊金山，好幾年前我們還住在緬因的時候，梅莉迪斯就認識

---

7 譯注：維可汀（Vicodin）中度至重度止痛藥。

他了。他答應加入狂歡。三個同志和一個新娘。

阿倫抵達的時候，帥氣依舊（某方面來說，這令人感到安慰——現實生活裡的帥哥），我告訴他莉莉的事，還有臨時的婚禮和派對。

「我們都需要慶祝，需要歡樂。」我說。大廳酒吧不好玩。

「我知道我們要去哪裡。」阿倫帶我們走向電梯。

「我們已經在一樓了。」梅莉迪斯說。「大門在那裡。」

「噓……」他眨眼，牽起梅莉迪斯的手。「妳和我——而且我覺得他們也同意——去樓下的露台，到東加廳和颶風吧，來點熱帶風雨和新加坡司令。」

那是首詩嗎？我心想。聽起來他好像說著另一種我平常用的語言，但現在聽來陌生，這都要歸功雙份伏特加和精神不濟。

電梯「叮」了一聲，阿倫把我們趕進去，按了露台的樓層。電梯傾斜，向下的時候我們的胃都在搖晃。

東加廳就在費爾蒙飯店下方，颶風吧是玻里尼西亞風的豪華酒吧，從前應該是飯店的游泳池，現在是一個環形湖，每半個小時會下一場雨林般的雷雨。湖上有個舢舨船，載著一個樂團，在雷雨之間演奏。藤編的家具和發光的玻里尼西亞神像把這裡變成熱帶風格的俗氣造景。

總而言之，非常完美。

「大家都來杯新加坡司令！」我說。

等待飲料的時候，我坐立難安，握著我的手機，好像動物醫院即將來電。電池還有百分之三十五，但收訊只有一格。想到今天還是元旦我就心煩。想到醫院關門我也心煩。醫院關門，除非緊急事故不看，不出大事也不會來電。但是，直到阿倫拿走我手中的電話，把電話蓋在桌面，我才真正明白，我並不希望他們打來。沒消息，真的，就是好消息。

服務生送上調酒，輕鬆地平衡托盤上四杯新加坡司令——熱帶夕陽的顏色調和在琴酒當中，杯口點綴鳳梨塊、兩顆黑櫻桃，以及一隻紙傘。我們連酒都還沒碰到，我看著服務生，大聲說：「再來四杯司令！」彷彿競選總統連任的精神喊話。梅莉迪斯抗議，但我打斷她。「不是司令，就是咬著陰莖口哨上船，讓我告訴大家明天妳要結婚了。」

梅莉迪斯點頭表示瞭解，接著對著服務生附和我的需求。「再一輪，謝謝。」

服務生面帶同情對著我妹妹微笑，並在她耳邊輕聲說：「恭喜。」

我們暢飲第一輪，同時拷問梅莉迪斯婚禮的事。誰求婚，什麼時候，為什麼要私奔。我們盡全力使她成為焦點。雖然她省去婚禮的繁文縟節，仍然是她的喜事，她的日子，不是我的。

「妳記得六歲的時候，頭卡在公園長椅的椅背嗎？媽急瘋了，還打電話給消防隊？」

「什麼？」傑佛瑞問。

「你沒聽過這件事？其實她怎麼爬進去，就只能那樣爬出來，但不知為何她不要，最後兩個消防隊員把她拉出來，她瘋狂尖叫。」

「為什麼是消防隊員？」傑佛瑞問。「你們的爸爸呢？」

「工作。」我說。「他總是在工作。」

梅莉迪斯笑了，臉頰的顏色和調酒一樣。「你為什麼想到這件事？」

我不知道為什麼想到這件事。「妳被困住了嗎？」我沒料到就這樣脫口而出。

「什麼？你是什麼意思？」

「我不知道。」我小聲說。「『懷孕？』」

梅莉迪斯差點嗆到。「我跟你困在這裡喝這個像酒精一樣的東西。我最好還是不要懷孕。」

「喔，放輕鬆。」我說。梅莉迪斯從桌底下踢了我一腳，非常用力，就像小時候父母要我們安靜時那樣。我對著她皺起眉頭，暗示她休想落跑，於是她又笑了。阿倫和傑佛瑞問了她的禮服。

「法蘭克林是華人？」我冒出這句。

「那又怎樣？」

「我不知道。」我努力參與，轉移思緒，不去想莉莉，融入這裡。「小孩呢？你們教養的方式會有所不同嗎？」

「當然不會。充其量只是我再也不能穿高跟鞋了。」梅莉迪斯總是注意到自己的身高。

第二輪司令的時候，我們要阿倫說說舊金山的單身同志生活。大家聽得津津有味，好像在看連續劇一樣——他的故事不落俗套、精彩萬分，雖然有些想法對我們關係穩定的人來說有點奇怪，我們還是聽得懂。

「你的意思是，大家就直接在街上做那件事？」阿倫在說福爾桑街頭派對[8]，說到一半，傑佛瑞打斷他。

「什麼意思？裸體？」我跟進。「裸體？裸體？」

「什麼是束縛帶？」可憐的梅莉迪斯。

到了第三輪司令，我知道我們在做什麼了。我們跳過鳳梨、櫻桃和紙傘，直接喝琴酒。環形湖已經下過兩場雷雨，即將下第三場。舢舨上的樂團已經經過我們好幾次，演奏他們的排行前四十組曲，但絕對不是現在的排行前四十，除非庫爾夥伴（Kool & The Gang）重新復出但我不知情。有幾對異性戀男女在舢舨上跳舞，但我不知道他們怎麼上去的，甚至不確定可不可以上去。

話題轉到莉莉，梅莉迪斯和阿倫發問，我讓傑佛瑞回答，自己低頭看杯子、咬吸管。幾分鐘之後，我的吸管扁到不能發揮吸管的功用，我終於開口。

「莉莉一歲大的時候，她吃掉一整包芥末青豆。」我笑著表示這件事有多荒謬，但沒有

8 譯注：福爾桑街頭派對（Folsom Street Fair），舊金山一年一度的SM與變裝街頭遊行。

人笑。「她曾經吃掉一包別人送我的藍莓巧克力，所以我經歷過這種狀況。因為對狗來說巧克力有毒，那次我打電話給獸醫，他們建議我餵她一些雙氧水催吐，體重每四．五公斤一湯匙，所以莉莉是一匙半。蠻有用的。其實到今天我還是不知道狗能不能吃芥末青豆，安全起見，當時我決定拿出陳年的雙氧水。但這次她學聰明了，完全不喝。所以我抓住她的嘴巴，扳開下巴。最後一刻，她往左邊掙脫，我往右邊倒，結果雙氧水跑進氣管。這下她不只沒吐，芥末青豆在她的肚子裡翻攪，雙氧水又刺激她的氣管。她發出可怕的呼哧聲，我急忙帶她去醫院。幾個小時後，好像什麼也沒發生一樣，但我記得當時以為我要失去她了。」我記得那天晚上我多麼痛恨自己，我覺得自己徹底失敗，一年都養不到。

我說到一半，環形湖的雷雨又開始下，雨的節奏聽起來像溫和的小鼓。我暫停，把變形的吸管從杯子拿出來，從空杯拿了一根新的。我甚至不知道是誰的空杯，也不在乎。「我不知道為什麼會想到這件事。」

但我知道。我又痛恨自己，就像那天晚上一樣。活著的東西需要活動，可能除了藤壺和植物（事實上植物也趨光生長）。在我的看管下，莉莉得以保持求生的本能——活動自如的本能。即便是意外，或任何遺傳的毛病，但無論是什麼，都是我的錯，就像每件發生在她身上的壞事都是因為我沒有把她照顧好。

調酒單後方放了一盤零食。我伸手拿了一些，在嘴裡檢查這些脆果有沒有芥末青豆。沒有。

「**噢！**」有人從桌底下飛快踢我一腳，我跳了起來，酒杯震動。我看著梅莉迪斯，她笑得嘴巴老大。

夠多自哀自憐了。

「妳這下麻煩大了。」我對梅莉迪斯說。

「我怎麼了？」她裝作無辜卻忍不住笑容。

我張開雙手，把大家從桌子拉起來。「我們去跳舞！」

雷雨停了，舢舨又開始划行，這次跳上船的是我們。樂團彈奏霍爾與奧茲（Hall and Oates）的〈你是我的夢〉（*You Make My Dreams*），我的雙手在空中揮舞，跟上節奏。

誓言

我不是非常確定法蘭克林的父母對他娶個高挑的白人女子有什麼想法，但我很確定他們不認為這個場合需要兩個身高超過一米八的同志。儘管如此，他們點頭、微笑，盡力表現禮貌，而且公證的法官竟然也是華人，感覺整件事花了不少力氣令人接受。

舊金山市政廳是一幢展現雄心壯志與建築功力的大理石建築；是和主教座堂一樣美麗的學院派辦公大樓。梅莉迪斯和法蘭克林拿到結婚許可後，我們站在洞穴形的入口前，頭上是宏偉的階梯，等待輪到他們公證。地板的大理石鑲嵌成圓形和方形，我的雙腳笨拙地跟著這些圖案。梅莉迪斯身穿乳白色的露背禮服，簡單大方，在J. Crew買的，非常適合她的體型和氣質。我從沒想像過我妹妹的婚禮。她不是那種從小夢想步入教堂，或喜歡打扮成新娘的女孩。但現在我看著她，身穿乳白色的露背禮服，站在華麗又壯觀的市政廳前，容光煥發。我無法想像別種情況。

輪到他們的時候，我們爬上碩大的大理石階梯，梅莉迪斯和法蘭克林先走，傑佛瑞和我、法蘭克林的父母莊重地跟隨在後。我抬頭看著穹頂，據說這是世界第五大的穹頂，果然氣勢非凡。階梯的頂端是一個圓形大廳，有兩扇雙門，我們站在門前。門後是市長辦公室，舊金山市長喬治．莫斯科尼和同志權利先鋒哈維．米克一九七八年就是在這裡被以前的同事殺害。想到令我不寒而慄。這個地方不僅神聖，而且重要。

典禮很簡單，梅莉迪斯和法蘭克林在法官面前牽著手，交換戒指和誓言。我身兼多重角色，不僅是證婚人、攝影師、新娘家屬，也是伴郎。我拿出數位相機，在不干擾典禮的情況下，盡可能拍照，我知道其他家人會想看照片。我盡全力融入現場，儘管我的心在六百公里外。

為了專心，我想像小狗如何擔任證婚人。他們陪伴我們最私密的時刻，當我們覺得孤單的時候不離不棄。他們看我們吵架，看我們哭泣，看我們掙扎，看我們恐懼，還有所有不敢讓人類同伴知道的祕密。他們看著，卻不批評。有一本書關於一個男人試圖教他的狗兒說人類的語言，幫他解開妻子的謀殺之謎。書上說，如果狗兒能夠告訴我們他們看見的事情，我們生命中的空隙就會神奇地填滿。我試著從一隻狗兒的眼光見證這個時刻。全然接收。對其他的家人而言，這場婚禮將是他們生命中的空隙，而我必須盡力填滿。

這場典禮對於我妹妹和她的新婚丈夫而言非常完美——樸實真誠。新娘不是什麼財產。沒有人把她送出去，沒有人提到丈夫與妻子，沒有人提到我們其實不太相信的上帝。他們兩人都是律師，法律就是他們的教堂。法官為兩人公證時，他說：「依據加利福尼亞州法律賦予我的權力，我宣布兩人婚姻成立。」就是那樣，開始沒多久就完成了。

我遊蕩到三樓的環形走廊，從上面拍了幾張照片。說真的，我需要呼吸的空間。我想打電話給動物醫院，但是我沒有。他們不會做我希望他們做的事——叫莉莉接電話。她吃了鎮靜劑和止痛藥的狀態下，也無法跟我說太多話。底下，梅莉迪斯和法蘭克林步下中央的階梯，而我捕捉到一張他們牽手的照片。我又拍到靠在大理石柱的傑佛瑞，輕鬆又帥氣。

婚禮之後，我們回到飯店，我藉故到大廳的酒吧。同一個討厭鬼彈著同一架鋼琴。我向酒保買了一瓶香檳，請他給我六個杯子。我們在梅莉迪斯和法蘭克林的房間打開香檳。我對著新人敬酒，梅莉迪斯打了一輪電話向家人宣布喜訊。大致上是這樣：每個人都很驚訝，每個人都由衷地祝福，之後她把電話交給我，輪到我被轟炸。

「你知道這件事？」

「你知道多久了？」

「你唆使她的嗎？」

「你沒告訴我？」

「為什麼你被邀請？」

「她懷孕了嗎？」

驚訝的每個人都忘記問莉莉的事。我只是喝著香檳，盡量順著話題。但內心之中，我納悶我妹妹結婚這一天，為什麼沒幾個人想到我。

最後一通電話是我媽。她幾乎要哭了，我可以從她的聲音聽出來。她會很樂意參加。法蘭克林的父母出席，我想這件事特別令她難過。她認為由我代表我們家不夠對等。她說得對，沒有人的地位和媽媽一樣。

「梅莉迪斯看起來真的很幸福。」我對著電話說，試著轉移我媽媽的沮喪。我當初應該多勸勸梅莉迪斯嗎？

「我寄了一張一千元的支票。」我媽媽開口，但我不確定她是在對我說。

「什麼？」

「莉莉的手術。抱歉我無法幫更多。」

「現在幾乎是我要哭了。「妳不用……」我開口，但又住嘴。這是極大的心意，與其抗拒，我應該心懷感激。「謝謝。」我想我說出聲。

通話結束後，我在房間的大窗戶前拍了更多新人的照片。最高樓可以瞭望壯麗的城市和海灣。我拍下這片美景，阿爾卡特拉斯島就在遠方，在我妹妹的肩膀上。我沉默地拍下這張照片，或說，關於和傑佛瑞的關係，我沉默以對。

你什麼時候回來？

之後，我們坐上計程車，以不太恰當的速度越過城市知名的山丘，趕到霍華街一家叫做「市政廳」的餐廳——完美呼應我們稍早在市政廳的任務。這個市政廳的建築簡單許多，不是大理石，而是紅磚頭；不是穹頂，而是遮雨篷。太陽已經沉落山丘，空氣轉涼。餐廳裡頭紅色的磚塊和樹枝狀的燈飾顯得溫暖又好客。我坐在傑佛瑞和法蘭克林的媽媽中間。

「抱歉我們穿得不是很正式。出發前我本來要去洗衣店拿西裝，但我的狗兒，莉莉，動了緊急手術。在脊椎。我們發現她半身癱瘓。希望手術後她又能走路，但現在剛手術完，還不知道。」

我不知道法蘭克林的媽媽會說多少英語，也不知道她聽得懂多少，所以我抓起面前的水杯喝個精光。終於，我妹妹的婆婆點頭，我就當成對話的邀請。

「我真的很緊張，真的，我嚇壞了。我永遠不可能遇到另一隻像她一樣的狗。她真的很有趣。有時候她說的話，簡直讓我笑翻了。她真的很會說笑話。」法蘭克林的媽媽臉色發白，當下，我開始懷疑她懂的英語是不是真的像看起來那麼多。

「總之，明天我們就可以接她回家，但是我很擔心能不能把她照顧好。」我低頭，反覆摺著餐巾，直到再也擠不出話。

法蘭克林的媽媽說了一聲「喔」，真誠地對我微笑。我想她明白我的困境。

在婚禮的晚餐憂心忡忡實在可笑。能不能照顧好莉莉。無論貧窮、富有、疾病、健康——我從來沒有說過這種誓言，也不知道將來會不會說。但我對這些誓言有不同的感受。我覺得這是我對莉莉的責任。在她生病的時候陪著她，直到她的四隻腳能夠再度站起來。

晚餐之後，梅莉迪斯、法蘭克林、傑佛瑞和我穿越加州街，到我們下榻飯店對面的頂樓酒吧。夜色之中，四周閃爍的建築物像星空，遠方的金門大橋只見微光斑駁。梅莉迪斯把我拉到酒吧一邊的角落。

「你快樂嗎？」

「為妳？」我問。「當然！」我望著另一頭的法蘭克林，他正對傑佛瑞說一個動畫的故事。

「不是，我是說**你**，快樂嗎？」

我不知道該怎麼對她老實說。「妳問這個幹嘛？」

「我不知道。我這週末一直注意你。」梅莉迪斯從我手中拿走酒單，放在桌上。

「我一直在想那通簡訊。我忘不了。」

「誰傳的？」

「沒有。」

「沒人傳簡訊給你？」

「沒人傳簡訊給『傑佛瑞』。」

梅莉迪斯看著我，一臉莫名。「這不是《家庭馬戲團》（*The Family Circus*）裡頭的笑話吧？[9]」

「我改天再跟妳說。我得先處理莉莉的事情。」

「莉莉不會有事的。我擔心的是你。」梅莉迪斯把手放在我的肩膀上，但我不發一語。

「不要拿莉莉當藉口，不管你自己的幸福。」

9 譯注：一九六〇年起出現在報紙的條狀漫畫，以一家五口為主要角色。

「我沒有。」我抗議。

「捍衛你自己。」

「你沒有。我們一起長大的，你要記得，我對你的瞭解比你以為得更深。」

「我有！」

「喔，是嗎？」我傻笑。「那妳知道我打算這麼做嗎？」我飛快踢了她的腳踝。報仇。我希望沒人看見，否則會以為她嫁給一個家暴的人。

「噢！其實，我知道。」梅莉迪斯搓揉她的腳踝，同時看著我。「你要表達你的需求，滿足你的需求。我要說的就是這個。」

「酒保！」

梅莉迪斯冷笑。「不是這個意思。」

「我知道妳的意思。」

我們帶著香檳去找法蘭克林和傑佛瑞。我最後一次敬酒。「祝你們幸福美滿。」簡單、扼要。我看著梅莉迪斯，身穿乳白色的禮服，輕鬆自在。我妹妹長大成人了。很高興我們一起長大。

回到房間之後，這次更改行程的人是我，明天早上第一班飛機，兩個座位。不和新人共進豪華的早午餐，只有機場咖啡和飛機上的食物。幸運的話，奔向機場之前還有機會說再見。

我爬上床，讓今天一整天在腦海裡重播。疲累的一天，很多方面而言，我們的舊金山冒險是沙漠裡頭小小的綠洲。我想像自己漂浮在舢舨上，漂流在東加廳，搖搖晃晃去找丹・佛格柏或席娜・伊斯頓或在某個平行宇宙颶風吧裡的當紅人物。

我關上燈。

黑暗。

艱苦的工作才要開始。

擠

「擠。」我說。

「我在擠了。」傑佛瑞回答。

「**用力**一點。」

「我已經盡量用力了。」

「喔，看來你擠的方式不對。」

「你要交換嗎？站在那裡拿手電筒比較容易。」

「你一直動來動去就不容易。」

傑佛瑞不高興，於是放棄。他站起來，頭撞到上方的樹幹。

「小心樹幹。」這麼說於事無補。我知道反而會激怒他，但我覺得我有資格想說什麼就說什麼，因為我很害怕。

我把手電筒遞給傑佛瑞，在莉莉身邊蹲下來。強光之下，莉莉在碎石地上發抖。我依照獸醫指示，把手放在她腹部兩側，然後擠壓她的膀胱，往內，接著往後，往內，接著往後。

什麼也沒有。燈光照著她背上的釘書針，閃閃發亮。她被縫得像顆橄欖球一樣。

「有嗎？」傑佛瑞問。

我把她扶起來，看看底下有沒有小便的痕跡。「沒有。」我又重複一次所有步驟。「醫生說感覺像水球？」

「對。像水球，大小像一顆檸檬。」

莉莉的肚子感覺確實像水球，柔軟又滑溜。從舊金山回來的飛機上，我沒有想過要擠壓她的膀胱。我以為我已做好一切心理準備。我沒喝酒，而是喝咖啡。我醒著，不睡。我在紙巾背後寫下採購清單：一個限制她活動的小柵欄，鋪在地上以防她在木質地板滑倒的毛毯，讓她不會無聊但又不需要大動作的玩具，點心——健康的，以免復原期間她因活動量降低而發胖。體重增加會對脊椎造成壓力。

但是，學習擠壓小狗的膀胱並不在清單上，儘管現在看來是非做不可的工作。讓我們出院的獸醫在冰冷的不銹鋼檢查台上放一片尿墊，示範怎麼做。她看起來不費吹灰之力，我以為我學會了。結果我錯了。自從離開醫院後，我們還沒讓她小便。

「我可憐的孩子。這樣對她真是粗魯。」我依照示範，像舉起橄欖球一樣舉起莉莉，支撐她的臀部，小心頭上的樹幹。「我們回家睡覺吧。」心灰意冷之下，傑佛瑞關掉手電筒。我知道這表示她可能會在睡夢中失禁，在我們的床上，但我們只要起來換床單就好，不需更用力擠壓她。

進了屋裡，我把她放在毛毯上，她竟站直起來。我很訝異進步如此神速。雖然她還不能走路，但她可以站。雖然還不穩定，這本身已是了不起的進步。此刻這樣就夠了。我看著莉莉紅色的藥罐，拿出止痛藥和預防感染的抗生素，塞進餵藥專用的零食。她當成點心飛快吞了進去。

「小猴子，看看妳。妳站起來了。」

「我的名字是莉莉。」

「我知道。」我把手放在她頭上，她無力地眨眼。她才七歲，但我第一次覺得她看起來老了。她背上的毛因為縫合被剃了一長條。紅褐色的毛被剃了，她看起來很難過。

「妳怎麼了？」

莉莉似乎努力地回想。「我不知道。我醒來後就不能走了。」

「妳嚇到我了。」我雙手捧著她的臉，她看起來就像戴著頭巾的修女。

她舔著零食裡頭殘留的藥味。「我知道你在裡面放了藥。」

「我知道妳知道。」接著我又說：「那些藥會讓妳快點康復。」

莉莉思考著這句話。「我的紅球可以給我嗎？」

我輕輕把她舉起來，端詳她的科學怪人疤痕。現在她看起來像兩隻狗的合體：一隻總是想玩的小狗，另一隻慢慢瞭解自己能耐的老狗。我向她保證：「很快。」

我小心翼翼地把莉莉放在我們的床上，鋪了數層毛巾，讓她睡在我和傑佛瑞之間。止痛藥和奔波的一天讓她很快入睡。我也很快入睡。很難相信今天早上醒來時我人還在舊金山。

我夢見莉莉小時候淡季會去的海灘。在我的夢裡，她不停跑啊，跑啊，卻跑不快。那裡有其他狗兒，更大的狗兒，她想接近他們，但不想跟在後面；她有點害怕他們巨大的身形和雙腿蹬起的沙子。她的身體是條壓緊的彈簧，每當她彈跳到空中就會瞬間鬆開。每當她跳躍，垂下的耳朵就會飛起來，有時候甚至隨風停在空中，彷彿有人按了暫停。她跑回來找我，我知道她的耳朵一定會往後翻，貼在頭和脖子後面。我花了大半輩子的時間把狗的耳朵復原成剛出廠的模樣。

腳底下！沙子！好！滑！而且！看！海！好大！看！我！奔跑！沒有！牽——

在她說出「牽繩」之前，一陣浪花來襲，打在她細緻的腳掌，纏繞一條滑溜的海帶。她臉上一陣驚恐。

蛇！蛇！蛇！

她轉身迅速撤退到乾燥的沙灘，往有幾根草的沙丘過去。隨即，她的鼻子察覺死去的螃蟹。她撕下一隻腿，咬在嘴裡跑向遠方，只見地平線上一抹飛沙。

清晨，我和傑佛瑞火速著裝，立刻帶莉莉出去。我們把她放在草地上，她又站了起來。她興奮得甚至想要跨出一兩步，有點像小鹿斑比，只是腿比較短。我安撫她，以免她過度用力。「噓……噓……噓……」

傑佛瑞想要插手，但我推開他。這是我的工作，我的場子。我不會懦弱，不會害怕。我不會再當一個只能愛那麼多的人。我不會再逃避困難。我不會讓其他人承受我的重擔。我不會為一通簡訊煩惱。幫我的愛犬擠出尿液——這是我的聖母峰。我的責任。

我把莉莉的後腿塞到她身體底下，像她平常坐下的姿勢，雙腿張開，有點像青蛙。我從她的背後按壓她的肚子，感覺水球，柔軟滑溜，大小像顆檸檬。找到後，我深吸一口氣，預備，擠下去。往上，然後往後。

我不知道早晨的陽光有什麼不同——她的膀胱滿了，她也想要小便，嶄新的曙光帶給我勇氣，她奔跑的夢，想看她再度奔跑的欲望。不管是什麼，我往上擠，接著朝她尾巴平常舉起的四十五度往後擠，看起來像顆準備發射的飛彈，而且她慢慢尿了出來。

「她在尿尿！你成功了！」我興奮得差點鬆手。但我沒有，我繼續擠。

莉莉也被這種感覺嚇到，鬆了一口氣。傑佛瑞高興地握拳，我們兩人都笑了出來。

「終於。」傑佛瑞放心了。

「哈哈！」我成功了。

莉莉試著站起來，我意識到可以停止擠壓了。我慢慢引導她繞過她解尿的水灘。

「妳成功了，豆豆。」一切豁然開朗。

我有生以來最快樂的一刻。

Part 4

吸

星期一

我和莉莉前往獸醫診所，那隻章魚坐在牠的老位置上。我們繞過洛杉磯郡立美術館四周的工地，因為在洛杉磯沒有人知道該怎麼銜接那些路。莉莉像平常一樣，我開車的時候坐在我大腿，下巴靠在我左手肘彎曲的地方——那隻手並不真的操縱方向盤，我是右撇子。不過每次我們必須轉彎，她就會抬頭看我，一臉心煩。那隻章魚今天早上什麼也沒說。牠不需要；牠的聲音像鬼魂迴繞在我的腦袋裡頭。牠每隔一個鐘頭便長得更大。

候診室狹小、陰暗又擁擠。牆角的棕色亞麻地板已經掀起，僅剩的呼吸空間也放了貨架，擺滿寵物健康食品，名為卡洛芬、骨力果等等的東西。我不知道我為什麼還來這家診所，除了離家近以外。我必須檢討這樣的生活模式：治療師珍妮，無法呼吸的獸醫診所。這裡來了新醫生，比之前的好。之前那個收到一些網路負評後就消失了。

我坐在鍛鐵的木頭長椅上。我覺得自己好像在等待一台巴士。眼前的貨架要是遇到地震我們就要倒楣，此刻的隱密空間反而顯得慈悲。獸醫辦公室像個裝滿情緒的購物袋。籠子裡的貓咪總是驚恐，他們的主人和他們一樣膽小。快樂的狗兒純粹因為例行檢查興奮不已，能夠出門，又聞到主人答應要給的餅乾香味。緊張的狗兒無論如何就是討厭他們的獸醫。生病和受傷的狗兒被激動的主人帶來，隨時可能暴衝咬人。有些主人的寵物不在身邊，而且接到某些不幸的消息。還有我們，男人牽著頭上有隻章魚的狗兒。顯然，我們是這群之中最糟的。既然我們恐怖又畸形，不忍卒睹，經過的人總會禮讓我們。

等待一段時間後，我們被帶到檢查室。我把莉莉放在檢查台上，她的腳掌碰到冰冷的金屬，不自覺畏縮。我撫摸她的背，讓她冷靜下來。這個房間也很狹小。牆上掛著寵物牙齒護理的海報，有不同時期犬隻牙齒退化的照片。壁紙的顏色，非常諷刺地，就是牙齦疾病的顏色。

獸醫進來，臉上掛著微笑。他是新進員工中最可愛的，我心裡幫他取名嘟嘟，因為他看起來太年輕，不像醫生，就連修業年限較短的獸醫也一樣（說不定沒有比較短，誰知道？）他身穿打褶的卡其褲，我心想是否該提到這種褲子有多過時，但也許他是為了顯老而穿。

「哪裡不舒服？」

我啞然失色，瞪著他的眼睛。如果他是在看某些圖表，或讀莉莉的病歷，那還另當別論。但他雙眼直視我的狗，竟然還笑得出來。也許他就是這樣露出缺乏經驗的馬腳。

「你認真的嗎？」我只能說出這句話。

「莉莉好嗎？」他把她的嘴唇往後拉，看著她的牙齒。他在看什麼？我知道牙齒老了。我知道牙齒鬆了。我知道她的牙齒和牙齦是我單薄的荷包和疏忽害的。但這些比她頭上的東西還嚴重嗎？他真的是那個意思嗎？這個地方為什麼這麼執著牙齒？

「呃，首先，她頭上有隻章魚。」

那個獸醫放開她的下巴，看著莉莉的頭，臉色一變。

「喔。」

沒錯，喔。

那個獸醫蹲下，好看清楚那隻章魚。

「在那裡多久了？」

「我上個星期四發現的。」

他抓住莉莉的嘴巴，轉動她的頭，以便從各種角度看個清楚。「你說這是……**一隻章魚**？」

「不然你會怎麼說？」我開始張望整個房間，尋找裱框的獸醫證書或某個令人有點信心的文件。我記得上次來診所，回家後我在網路上搜尋嘟嘟，因為我覺得他很帥。我記得他在賓州讀大學，但不是很確定。那種褲子，加上毫無頭緒的樣子。說不定他從關島買了假學歷。我不會再搜尋他了。

嘟嘟沒有停止檢查那隻章魚。他摸牠，輕拍牠，然後拿了幾塊紗布，想要擠壓牠。「章魚是個不錯的稱呼。」他的語調表示他試著幫助我冷靜。

「小心。」我告訴他。「你會惹牠生氣。」

他的手完全包圍那隻章魚。「我看牠已經氣生氣了。」嘟嘟站起來，腳踩在踏板上，打開標示醫療廢棄物的金屬垃圾桶蓋，丟掉紗布。

「那麼，我們拿牠怎麼辦？」

「首先，我們要多瞭解一點。我想帶莉莉到後面看能不能用針抽出一些液體。接著我們做一些檢查，再看怎麼處理。」

莉莉抬頭看我，和我一樣心煩。我因此失去耐性。

「我們面對的是一隻章魚！」我面紅耳赤，甚至感覺得到背後的汗水，即使我並不想這麼激動。老天幫幫我吧！他是不是想看章魚的牙齒。

「我知道，但是我們對章魚瞭解越多，越知道怎麼對付牠。」

他總算說句像樣的話，於是我蹲下，直接對莉莉說。「跟醫生去。他要好好檢查那隻章魚。我就在外面。」

嘟嘟找來獸醫助理，迅速帶走莉莉。我回到候診室翻閱過期的《名犬世界》雜誌。裡頭的文章類似〈五種名氣上升的雜種犬〉、〈英格蘭史賓格犬特集〉。我對這些沒興趣。倒是〈牙齒清潔爭論之說〉，至少可以折起來做個記號，在這個天殺的地方也許會出現一個理性的人對這篇文章感興趣。

我拿出手機，點進照片集看在章魚還沒來之前莉莉的照片。那次我們開車上太平洋海岸高速公路，她和我坐在峭壁邊俯瞰聖塔芭芭拉。她躺在腳掌圖案的毛毯上睡著了，陽光穿過窗戶，她棕色的毛髮透出紅光。她在浴缸，全身濕漉，滿不耐煩。我們兩人自拍，睡覺前親親晚安。她在沙發上端坐，像人面獅身像，我喜歡她的毛色和粗呢椅套的灰色配在一起。另一張自拍，這次我們在後院，她戴著我從茂伊島帶回來的花環。這張照片才幾個禮拜以前，快樂的時光似乎已經很遠。

這張照片有點奇怪。我用手指放大，直到看清楚她右邊的太陽穴。牠在那裡——那隻章魚，在牠現在待著的地方，就在莉莉的右眼上方，但是比較小，比較年輕，比較不張牙舞爪。我當時怎麼沒有看見牠？牠和我一起從夏威夷回來的嗎？跟著花環一起？我和溫德、哈林、吉兒一起去撿海草的時候不小心撿到牠？還是我在海裡游泳的時候，降低戒備，掉以輕心？我必須和朋友出去的時候牠趁虛而入？還是牠從太平洋爬上聖塔芭芭拉海灘，我人不在那裡阻止牠上岸，於是牠爬到我的狗身上，而我人卻在千里之外的小島喝著蘭姆酒？恐怖、翻攪胃腸的罪惡感不斷襲來。在夏威夷不過五個晚上，代價竟然如此之大？

「請稍等……」接電話的胖女人想拿我腳邊糖尿病狗兒專用的罐頭。我坐直，把腳轉向另一邊。她彎下腰拿罐頭，嘴裡咕噥著。

我把電話收起來，注意力轉回《名犬世界》，但我還沒開始看那篇關於牙齒清潔的爭論，嘟嘟就叫了我的名字。

「艾德華？」

我回到檢查室，莉莉在台上等我。她看起來很痛苦。

「結果如何？」

「針頭無法如我們希望深入那隻章魚。」

「牠是個難纏的王八蛋。」

「我們還是抽出一些細胞，希望能檢查出那隻章魚是不是惡性。我們要把細胞送到實驗室去。」

我讓嘟嘟看莉莉戴花環的照片，當時章魚還是嬰兒。我告訴他我知道的事情，還有昨晚莉莉的癲癇。他點頭，邊聽邊在表格上記錄。莉莉沒補充什麼，但那不奇怪，在獸醫面前她通常很沉默。

「我們拿到實驗室的報告後會更清楚。我們可以給她一些藥試試，像抗癲癇，但你知道的，處理那個……」

「章魚。」**為什麼每個人都這麼蠢？**

「……**章魚**，最好的方法，可能還是手術。」

我故意別過頭。如果有扇窗戶可以看出去會更好，但我的眼神卻對上那張牙齒的海報。我想起候診室《名犬世界》折起來的那一頁，向天祈求在這裡工作的人能看到。

「莉莉多大了？」那個獸醫翻著病歷尋找答案。

「十二歲……」我說。「半。」

他放下病歷。「十二歲半超過侵入性手術適合的年紀。麻醉對老一點的狗可能有風險，但我們可以過兩天再討論細節。」

「等你拿到實驗室的報告。」我的聲音聽來狼狽。我感到狼狽，尤其是要我付兩百八十五美元，等到星期三，面對根本毫無選擇的選擇。

我們上車，剛好有人閃燈示意要我的停車格，但我斷然揮手要他們走開，彷彿他們不只要停車格，也要我的靈魂。我們坐了十二分鐘，直到收費碼表的時間到了。莉莉無聲地從副駕駛座爬到我的大腿上，捲成一顆小球。她吐了一口長氣。

「妳還好嗎，豆豆？」

「他們拿針刺進我的頭。」

「他們拿針刺那隻章魚。」

莉莉看著我，好像在說那沒差別，我心想她是不是已經放棄希望。我感覺自己吞下那包芥末青豆，喉嚨燃燒，然後緊閉。我試著專注在某件事情、任何事情，於是我去想芥末（wasabi）怎麼拼，結尾是ie或者只是個i。我想單純是個i。那樣對嗎？兩種拼法我都看到彎曲的紅色底線，就像我腦中的Word告訴我沒有正確的拼法。芥末是專有名詞嗎？開頭要大寫嗎？不，那只是一種植物，不是嗎？我想衝回獸醫診所，要他們在我身上做他們幾年前對莉莉做的：給我再次呼吸的能力，然後也許確認芥末的拼法。我想不起來上一次呼吸的時候，深深、長長、真正的呼吸，他們在拉梅茲呼吸課或瑜珈DVD裡教的那種。夏威夷，我猜是那時。度假。不用工作，沒有交稿日期，沒有約會或任何待辦事項，只要活著。

但在家裡的最後一次呢？不需要酒精舒緩循環的時候？我說不上來。

我忽然覺得需要忘卻這個早晨，撥亂反正。把芥末青豆吐出來。再度呼吸。

「你知道我們需要什麼嗎？」我問。我甚至不等她猜。莉莉振奮起來。她可以從我的語調知道我要說出令她興奮的事。「冰淇淋。」

回家的路上，我們在離家不遠的寵物店停車，韓國家庭開的，而我選了為狗特製的花生醬優格冰淇淋。我甚至不等我們到家。

那隻章魚眨眼，發問：「那是什麼？」我想我永遠無法適應自己聽到牠說話。

「沒什麼。」我回答。在車裡，我扶著給莉莉的保利龍盤子，她津津有味舔著，連空盤也舔了三分鐘之久。她的心情明亮了起來。

那隻章魚從頭到尾貪婪地盯著我，但我一點也不給牠。我希望之後的代價不會太昂貴。

星期二

莉莉和我星期二沒有固定計畫，所以崔特打來說我們應該去海灘喝一杯，我就答應了。天色已暗，我隨即又遲疑。這個時間，一路跑來這裡卻完全看不到海灘，有點多此一舉。但崔特剛剛結束應酬，人正好在附近，而且海灘永遠都像個出口、休息區、目的地。即便一片漆黑，還是可以聞到海水，聽見浪花，感受沁涼的海風。這些曾經都是慰藉；現在，海洋已經差不多等同那隻章魚爬上來的沼澤。崔特想知道獸醫打算怎麼治療，而且既然星期五我才能去找珍妮，現在找人談談也好。

崔特忽然念舊，提議這間我們九〇年代會去的同志酒吧，從威爾羅傑斯海灘走太平洋海岸高速公路就到了。這一區也是威爾羅傑斯海灘的同志區，有個可愛的暱稱叫金潔兒・羅傑斯[10]。停車真的是惡夢。但我運氣很好，在一盞壞掉的路燈底下找到一個昏暗隱蔽的完美位置，其他駕駛都沒發現。可惡的是位置太小，嘗試五分鐘後，我承認失敗，又在四百公尺外找到另一個。

往酒吧的路上我踩到一灘水。好幾個禮拜沒下雨了，踩到水實在奇怪。我試著傳簡訊給崔特，但電話當機了，只好強制關機。我終於抵達酒吧，外觀看起來和以前不同。雖然一樣是海洋風，但某些地方不太對勁。我想酒吧同樣看著我憔悴的臉，對我說同樣的話。

酒吧裡頭燈光微弱，不過很容易就在吧台找到崔特，客人寥寥無幾，他是其中之一。我拉開他身邊的高腳椅，對酒保揮手，坐了下來。

「你怎麼會想到這個地方？」我問。

「跟客戶吃飯。愁雲慘霧的工作。想起單純的日子。」

酒保過來了。他長得不錯，但不是那種同志酒吧通常會雇用的超級帥哥。我問崔特他喝什麼，他說伏特加通寧，於是我也點了一樣的。

「獸醫怎麼說？」崔特問。「有什麼選擇？」

酒保把飲料推向我，最後放上萊姆。我尋找錢包，崔特阻止我：「我一起付。」

我啜吸一口，很濃，我喜歡。「他們可以開藥讓她舒服一點，控制疼痛和癲癇，或者把她麻醉，取一個更大的章魚樣本，想出更激烈的治療方案。」

「你打算怎麼做？」

我聳肩，又啜吸一口。「我不知道。我要和莉莉談談。」

「做決定的是你。」

---

10 譯注：金潔兒．羅傑斯（Ginger Rogers, 1911-1995），美國女演員，曾獲奧斯卡獎。

「是嗎？」我環顧無人的酒吧。「人都到哪兒去了？」

崔特轉身，接著驚訝，好像現在才發現酒吧沒人。「不知道，我猜晚一點吧。」

酒保一定在偷聽，因為他插話：「人潮多半在十一點之後。」

我拿出電話看時間，但無法重新開機。我扔在吧台。「很好，他媽的星期二。」

「星期二有什麼問題？」崔特問。

「整個都是問題。星期一就是星期一，但至少是個新的開始。星期三是努力工作的日子，星期四差不多就是星期五，而星期五就是週末。但是星期二？什麼都不是。」

崔特看著我，搖起頭來。「有什麼差別？你在家工作。」

「我工作的地點**在**家裡。」我說，我也不知道有什麼不同。「我的電話當了，我的停車位置太小，我踩到（我低頭看著我的鞋子）尿。莉莉的事我不知道該怎麼辦。我還要繼續說嗎？」

崔特把手放在我的肩膀上。「看來我們要找人跟你上床。」他又打量了酒吧裡頭，但希望渺茫。

「喔，我有上床。」

「什麼時候？」

我拿起手機要看今天的日期，才又想起手機當了。「我不記得，最近吧。」我想我內心還是活著的。

「最近？」他語氣懷疑。

「對，最近。」然後我只好承認。「應該算最近。」時間都混在一塊兒了。

「好，那我們得再找人跟你上床。至少是不需承諾的接吻。」他這麼稱呼閉上嘴巴的接吻。

「也許十一點過後。」

既然我現在在家工作，為什麼這麼討厭星期二？崔特的話有道理。如果我還是這個世界的一部份，是個傳統勞工，倘若星期二一成不變，沒有任何特色，所以我討厭星期二，那麼現在在家工作的我，更應該討厭每一天，不是嗎？每天早上我八點起床，得花一點力氣把莉莉叫醒，但不會花太多力氣。我套上幾件衣服，通常是我上健身房的衣服，比較有外出的動力。我們出門，進行一天第一次的散步。晨光的溫度剛好，不會太熱或太壓迫。我特別注意到這一點，因為我們回到家門的轉角莉莉才開始喘氣，而且她喝幾口水就會平靜下來。我餵莉莉吃早餐，而我自己則是（總是）來一杯咖啡加甜菊糖。我到書桌，拿起整晚充電的筆電，坐在廚房陽光不會直射螢幕的角落。寫上一兩個鐘頭，接著吃一碗覆上半條香蕉的穀片（另外半條冰在冰箱）。接著我允許自己稍微耽擱一下：我讀新聞，在網路上和笨蛋爭論，搜尋約會對象。有時候我確實會上健身房，但即使如此，工作和休閒的情況仍然類似。晚餐的食材、拉奇蒙特（Larchmont）的咖啡、我不怎麼感興趣的院線電影。我上車，我停車，我下車。我不總是記得車程和目的地。傍晚，莉莉和我第二次外出散步，我們喜歡傍晚空氣中的薄霧，除了天色仍非常明亮的盛夏，還有一片漆黑的冬至。莉莉吃晚飯，咬牛皮骨。我喝杯酒，配上一點零嘴，通常是芒果乾或杏桃乾，但要無添加防腐劑才不會導致頭痛。我繼續寫上一段時間。只有晚上和莉莉的活動，遊戲之夜、電影之夜和披薩之夜，才是單調生活中的小小娛樂。深夜，我把筆電放回書桌，手機接上充電插座。莉莉和我最後一次出去。我睡前從不設定鬧鐘。我不需要：我的生理時鐘就和我的其他一切一樣規律。

有人過來坐在崔特旁邊的高腳椅，他們兩人聊了起來。崔特示意身後的我，那個人往前，越過崔特看著我，接著舉起雙手，好像在說「不感興趣」。崔特轉向我，聳聳肩。

「你最近勾搭上誰？」這個問題明顯是想繼續讓我感覺良好。

「按摩男。來我家的那個。」

「提奧德。」崔特反對。他想叫我全名的時候不叫我艾德華，而是提奧德，因為他知道這樣會激怒我。

「那不是我的名字。」

「這樣不算買嗎？」

「不。」我連續說了四、五次，一方面想保護我的名譽，一方面想保護按摩男的名譽。

「我花錢按摩。然後我們聊天，我請他喝飲料，我們邊喝飲料邊聊天，他也是作家，歌劇作家……」

「狗血作家？」

「不，呃……也算。歌劇作家，他寫歌詞……重點是，我們有很多讓人意外的共通點，所以我們聊了很久——然後……」我不說自明。「就像約會，只是，你知道的，我穿著毛巾。」

崔特笑了。「我真該想到這點。」

「我也很意外。」或許我也該想到這點。至少事情發生的跡象。

預兆。

我的眼睛對這些事情都太過盲目。我應該發現事情的跡象嗎？我應該發現那隻章魚的跡象嗎？發現什麼預兆？章魚，Octopus。Octo，拉丁文的數字八。但我認識拉丁美洲人嗎？超多，畢竟這裡是洛杉磯。也許拉丁美洲人是錯誤的線索，也許是八本身。酒保倒了杯啤酒。一加侖有八品脫。一盒蠟筆有八種顏色。光明節有八個晚上。辛烷有八個某原子。碳？碳化合物是一切生命的根本，是這個嗎？停車的標示有八個邊；章魚在暗示我停止？如果是這樣，停止什麼？

難道預兆不能是好的嗎？如果章魚的出現是一個預兆，而我沒發現，難道我不該尋找康復的預兆，章魚離開的預兆？預兆的英文（omen）也是拉丁文，又回到拉丁文。

我的腦袋打結。

「幾點了？」我問。

崔特看看他的手機。「十一點十五分。」

彷彿一聲令下，門打開，走進幾個有說有笑的人。他們都穿著黑色長褲和白色襯衫。我的手肘推了崔特一下，他正好說出「奇怪」兩個字，目光打量上門的客人，停在一個耳朵後面插了一枝筆的男人身上。

「那個如何？」他還在想著幫我湊合不需承諾的接吻。

我揮手請酒保過來。「再一輪嗎？」他問。

「我可以問一個很笨的問題嗎？」

「請說。」他說。

「這裡不是同志酒吧嗎？」

酒保笑了。「以前是。老闆賣掉了，現在的客人多半是附近的餐廳員工，下班之後過來，所以晚一點才有人潮。」

我看著聳肩的崔特。

我的頭倒向桌面，對著手肘的凹洞說話。「我們真的太遜了。」我說：「都要怪你，你過得太快樂了。」

「我才要怪你。你過得太不快樂了。」崔特茫然看著我的頭頂。

「你在做什麼？」

「看看你頭上那片烏雲。」他嘻嘻哈哈地揍我。我也揍回去，比較沒那麼戲謔。

「再一輪。」崔特對酒保說。酒保在我們的桌上放了兩張新的紙巾，轉身準備我們的飲料。

星期五

「這個禮拜過得如何？」

又到了星期五，意思就是我又來到珍妮的奶油診所，星期三、星期四的記憶零碎。癲癇又發作一次，不如第一次糟糕，但還是很恐怖。獸醫來電，說他們取的細胞不足，無法確診；嘟嘟想把莉莉全身麻醉，取更大的樣本。應該和擁抱男約會，但我取消了，因為我覺得自己既噁心又無趣而且不值得被愛。諷刺的是，這樣說不定有助他釐清自己的感覺；男人是獵人，傾向喜歡不好追的男人。

大體而言，這個禮拜我不願與人來往。

然而，不願與人來往，會阻礙治療——即使是珍妮的治療。今天尤其困難，因為珍妮重新燃起職業熱忱，坐在椅子上，身體前傾。彷彿某個病人厭倦她總是鈍於觀察，於是向主管機關抱怨，所以珍妮必須避免更多投訴。或者她終於排除某些內心的糾結，再次投入工作。無論如何，妳活起來了，珍妮。

我不想回答她的問題，或說我不知道怎麼回答。這個禮拜我過得如何？去看獸醫讓我很……火大？分辨不出異性戀酒吧和同性戀酒吧讓我很……丟臉？我的嘴巴吐不出形容詞，所以我退讓，吞一口口水，嘆一聲氣，告訴她另一件事情。「也許我可以跟妳談談我們的客人。」

「你說『我們』……」珍妮停頓。以前的治療，她不可能會對這種事情提問。她會自己從前後釐清，或懶得追究。這是一個全新的珍妮，而且我不喜歡。

「莉莉和我的……莉莉的和我的。」我一時之間抓不準文法。

「你和莉莉。好。繼續。」

繼續。喔，真開心，真的可以嗎？

珍妮舔了上唇，願聞其詳。

「莉莉和我有一隻章魚。」我暫停，想製造戲劇效果，卻只見她困惑地瞪著我。於是我開始說明整個痛苦的來龍去脈，就像我說給崔特聽，說給嘟嘟聽那樣。這件事已經變成一套依時間順序精心編排的故事集，我說得都煩了。珍妮邊聽邊點頭，她的眼神絲毫不飄移。我幾乎不知道我正對著掏心掏肺的女人是誰。真的，她的專注令人焦慮。

「而當你說『章魚』，你的意思是……」

「章魚。當我說『我們』，我的意思是我和莉莉，而當我說『章魚』，我的意思是章魚。」珍妮還是不懂，所以我拿出手機，給她看我和莉莉戴花環的照片。「看，就在那裡，不過現在更大、更明顯、更生氣。」

珍妮仔細研究照片，用手指放大那隻章魚。這個舉動令我不悅（雖然我自己也做同樣的事），好像在說，我大驚小怪，整個禮拜又一天都為了小事活在崩潰邊緣。加上，我剛剛**告訴**她章魚現在更大、更兇。她抬起頭，眼神好似憐憫，多於理解，又怯於哀悼。但我不想要她的憐憫，或什麼好似憐憫的東西。我不需要。我會解決這件事。我會戰勝章魚。我不要這種眼神。

珍妮把手機還我。「你去找過獸醫嗎？」

廢話。「星期一。」

「她怎麼說？」珍妮總是預設代名詞為女性，用以凸顯男性主導的社會，她八成在九〇年代末從某個女性主義課堂學來的，現在顯得悲哀又做作。

「他——」我強調是「他」，「沒說什麼。他取了一些細胞送去檢驗，但結果不明。現在他們想把莉莉全身麻醉，取更大的樣本。」

「你對這件事有什麼感覺？」

當我不想回答某人的問題時，我就回答別的問題，沒問的問題。我發現我經常這樣，尤其此刻。「我發現自己經常讓她單獨在家。我不想離開她，但是，陪著她的同時，我也和那隻章魚在一起。」我暫停，珍妮點頭。「而且，那隻章魚總趁我不在的時候來，我多少覺得，我要出去牠才會離開。」

「也許那隻章魚不打算離開。」

我對這個問題的回應是狠狠地瞪她。

「也許那隻章魚不打算離開，你現在的行為，是從情感上疏遠莉莉。」

我的胃在翻滾。「那樣說太過份了。妳太過份了。」

「我沒有惡意。那是悲傷的自然反應。」

「悲傷？」我在這個詞後面加了三個問號，我很訝異聽到這個詞。「妳在說什麼？我不悲傷。」

珍妮挑起一邊的眉毛，彷彿在說，「你不是嗎？」

「為什麼悲傷？我全心全意要趕走那隻章魚。」

「你為什麼不能同時進行這兩件事？」她問。

看看今天是誰來了。

珍妮繼續。「你為什麼不能全心全意趕走那隻章魚，**同時**，做好準備，牠也許不會走？」

「牠會走。」

「這個問題就留給你和獸醫決定。但莉莉老了，你自己說過，在兄弟姊妹中她是最瘦小的，她的健康狀況有時候不好。除非不久的將來，你發生什麼重大變故，否則很有可能，莉莉會比你先走，而且從你整個人生來看，就快了。如果不是那隻章魚帶走她，終究會是別的。犀牛或長頸鹿。」

「犀牛或長──一隻狗怎麼可能被長頸鹿帶走？」新的珍妮腦袋整個壞了。

「這很自然，當所愛的人老了，我們開始為失去他們而悲傷，甚至在失去他們之前。」

我讓我想像中的治療師聽聽珍妮說的話。我相信他會把珍妮愚蠢的建議轉化成較合理的說法。這次他竟然出奇地沉默；那恐怕代表他找不出任何問題。

「妳說，『悲傷』是什麼？那又是什麼意思？」我故作頑固。

「人人描述的方式不同。我會說，那是暫時性的精神錯亂。照佛洛伊德的意思，簡單來說是偏離生活正常的態度。」

我直視珍妮的眼睛，如此她就可以看見我眼中的惱怒。「第一，我在反問妳。我知道悲傷是什麼。第二，謝謝妳說我精神錯亂。」

珍妮笑了，彷彿為了化解對她的侮辱。「悲傷是種病態。只是我們多數人在生活中經歷，卻從不如此看待。我們只是期望人們撐過去，忍耐，就會撥雲見日。」

陽光穿過窗戶灑進房間，落在珍妮腳邊。她踢掉鞋子，把腳趾伸到陽光底下。我想起莉莉，她就像貓一樣，追逐可以打盹的陽光。我常發現她只有後腿在床上，其餘的身體躺在陽光曬得溫暖的亞麻地板上。

我想起煩寧和維可汀有時候就是我的太陽：我想要爬進他們溫暖的光芒。「好，我在悲傷。也許妳可以開藥給我。」

可惜，珍妮知道我害怕藥物上癮（我們深入談過此事），不買我的帳。「我們再看看。」

也許我因為那隻章魚出現而受到傷害，理所當然發作。近來我的思緒不像成人，反而像小孩：認為我有離開的必要，如此那隻章魚就會離開；想要威脅恐嚇，壯大聲勢，內心有陣颶風；需要以憤怒的方式表達一切。

「想到哀悼，你會想到什麼？」珍妮問。這個問題拉回我的注意力。

我沒思考就回答。「我猜是奧登（W. H. Auden）的〈喪禮藍調〉（Funeral Blues）。應該是奧登寫的沒錯。這個答案好像沒什麼創意。」

「我沒聽過。」

「那是一首詩。」

「我猜也是。」

「我只是在澄清，那不是音樂專輯。」

珍妮不理會我貶低她的智商。「你的答案一定要很有創意嗎？詩不就是這樣？詩人表達非常私密的事，最後卻成為共通的語言。」

我聳肩。珍妮是誰，就算是新的珍妮，有什麼資格定義詩？我何必聽她說教？

「你為什麼特別想到那首詩？」

「**停止時鐘，切斷電話；給狗兒骨頭，不讓牠吠叫；闔上鋼琴，隨著鼓聲；抬出棺材，讓哀悼者來。**」我大學的時候學到這首詩，只記得這麼多。

珍妮斟酌著這些字，像是品酒一般，接著說：「還算恰當。」

舊的珍妮回來了。這就是她的觀察大錯特錯的地方；這就是她這個治療師成為惡夢的原因。並不恰當。這完全不符合我們討論的脈絡，不適用我們當下的情況，原因很明顯：**給狗兒骨頭，不讓牠吠叫**。

「如果妳哀悼的是那隻**狗**，就不恰當。」

星期天

冷凍火雞「砰」一聲掉進水槽，驚醒莉莉。莉莉討厭睡得正香甜時被打擾。

我不是故意要買冷凍火雞，甚至也沒想到要買火雞。但是六月要找到新鮮的火雞很難，而且我急著證明自己並不哀傷。還有什麼比慶祝更好的方式，來證明我並非處於病態，特別是表揚我們需要感謝的一切。而且有什麼比火雞更好的方式來表達感謝，還有餡料，還有肉汁，還有馬鈴薯泥，還有葫蘆南瓜。直到在超市結帳，看見收銀員的表情，我才明白，在六月料理全套感恩節大餐，就是精神錯亂的行為。

「那是豆腐雞嗎？」莉莉起床，跑到我腳邊，在水槽旁坐下。

「是的。我們要吃豆腐雞。」幾年前我迷上素食主義，有一年甚至做了感恩節豆腐雞。莉莉要火雞的時候，我告訴她我們沒有火雞，但有豆腐雞。我給她豆腐雞，她狼吞虎嚥，像吃火雞一樣。肉汁不算素食，但她的感覺和我一樣：飽滿的內餡、馬鈴薯、奶油和肉汁——棒呆了。從此以後她稱呼所有的火雞為豆腐雞。而且，她說這三個字的模樣可愛極了，我不忍心糾正。

「今晚我們要吃大餐。」

喔！天！豆腐雞！絕對！是！我的！最愛！我！可以！吃掉！全部的！豆腐雞！只要！大口！吃掉！

莉莉現在完全醒了，她把一隻腳掌放在我的腳上。

「只是我得先想辦法把這王八蛋解凍。」火雞幾乎塞滿水槽。

莉莉瞄了一眼微波爐，我費盡力氣想把這該死的東西塞進去，結果發現要把一隻八公斤的火雞塞進普通的微波爐是不可能的。

還是！我們！吃！冷凍的！就像！冰淇淋！

「冷凍的豆腐雞不像冰淇淋那麼好吃。」我低頭看著抬頭看我的莉莉。她急著要我解決這個問題。「洗個溫水澡吧！」莉莉後退。「是豆腐雞，」我對她說：「不是妳。」

她又立刻向前。**沒錯！動手！**

我把水槽排水孔的蓋子塞進火雞下方，在水槽注入溫水。我有一本《烹飪圖解》雜誌，裡頭有一篇文章，題名是〈烤大隻的〉，我在一疊從沒讀過的烹飪書裡找到的。我不知道為什麼保存這本，但裡頭的標題總讓青少年發笑。

火雞解凍的同時，莉莉和我布置餐桌。小時候我對我媽節日的餐桌布置總是非常著迷。她總有專為感恩節、聖誕節準備的桌巾，到了十一月，鑲著金邊的白色瓷器便會神奇地出現。同性戀傾向剛開始萌芽的我總是端詳那些盤子，翻到背面，沉浸在「Wedgewood」、「骨瓷」、「英格蘭」等字彙當中。有一年我媽媽甚至拿出配上底盤的洗手缽，梅莉迪斯和我餐後把手指伸進去，接著才進入甜點。一切對我而言多麼優雅，我心想，我們該不會從母親那邊繼承祕密的皇室血統。我曾經用眼神哄勸她與我分享不可告人的血統祕密（如果我們真的在躲避某個邪惡的沙皇或女王，我絕對會保守祕密！），但她從不告訴我。我記得當時曾經想過，等我長大，每一餐都要這樣吃。當然，我阿姨去世後，即使我繼承了她的瓷器，還是鮮少這樣用餐。

我們的感恩節通常是我坐在主人的座位，莉莉坐在我身邊，緊張地舔著嘴巴。人類火速狼吞虎嚥後，她才可以享用地板上的節日大餐。我總是蹲在她旁邊，拉著她的耳朵，像個貼心的大學生，幫參加姊妹會回來後大吐的女友拉著頭髮。每逢過節，這是我最喜歡的時刻。幾乎就像我完全吸收她綻放的喜悅之光。這一次，我把她的餐盤從地上拿起來，幫她在桌上擺了一個位置。她不會用到銀器和桌巾，但整體的畫面維持協調。

「妳記得我們共度的第一個感恩節嗎？」我問莉莉。

「我們那次吃豆腐雞嗎？」莉莉問。

「其實，妳，吃了『很多』豆腐雞。」

那一年晚餐後，其他人收拾碗盤。把大部分肉從骨頭剔下來後，我把骨頭用雙層塑膠袋包好，和其他垃圾一起放在後門，接著整理桌面，準備飯後甜點。那天晚上我發現兩層塑膠袋都被咬破，裡面的骨頭被吃光了。我循著腳印的油漬，很快就找到餐桌底下的莉莉，她吞下的食物是平常的兩倍。她抬頭看我，還在舔著油膩的嘴巴。**如果！你！一定！要！就！處罰！我！但是！值得！**

我說完這個故事後，莉莉笑了，還說：「那我是最喜歡的感恩節。」

「但不是妳最喜歡的感恩節隔天。」

莉莉想了想，沮喪地說：「喔，對。」從此以後剩下的骨頭我都煮湯。

〈烤大隻的〉建議雞胸朝下以四百二十五度烤一個小時，如此便會外皮酥脆、肉汁飽滿，接著翻面，雞胸朝上以三百二十五度繼續烤，直到插入的溫度計顯示一百六十五度。整體而言，烹飪時間應該介於四到五個小時。

烤箱的熱度散發在已經很溫暖的夏天，莉莉和我在塗油之間的時刻小睡避暑。我們沒有其他感恩節活動，所以我播放荷莉・杭特主演的《心情故事》（*Home for the Holiday*）。電影播到一半，我得開始準備蔬菜。我讓莉莉繼續看，我起身準備晚餐。

崔特大約五點抵達。

「哇！聞起來好香。你做了南瓜麵包嗎？」

「沒有。」我語帶不悅。有火雞、餡料、馬鈴薯、葫蘆南瓜、肉汁、四季豆，我哪有時間做南瓜麵包。

「沒有南瓜麵包就不是感恩節了。」崔特嘟嘴。

「本來就不是感恩節。」

崔特打開馬鈴薯泥的鍋子，伸進食指挖起一大坨，跟我說還要多加點奶油。「我還要試哪些菜？」

「加進馬鈴薯？」

他點頭。

「肉荳蔻！」這是我的祕密配方。

崔特打開冰箱拿了啤酒。「我可以看看那隻章魚嗎？」

「莉莉在客廳。但是，喂——」我抓住崔特的手肘「——今天晚上不要提牠。」

我跟著崔特，因為他是我最好的朋友，而且我知道他的反應會告訴我我該知道的事。他總是廢話少說，直接告訴我。莉莉在睡覺，章魚朝上，我們正好看個清楚。

「喔，天哪。」他的反應證實我已經知道的事，就是情況超級嚴重，絕對不能輕忽。

「你決定要怎麼做了嗎？」

「我決定感恩節不要談這件事。」

坐上餐桌的時候，我拿出三頂在懷舊電影戲服店買的帽子。兩頂朝聖高帽給我和崔特，帽子上有金屬扣環，還有一頂朝聖罩帽給莉莉，左右各有一條繫帶。（這是哪部電影的造型，我完全不知道。）崔特故意不戴他的帽子，但我說沒有談判餘地：「戴上。」

我幫莉莉戴帽子的時候，那隻整天疑神疑鬼地監視我們的章魚開口：「你們在做什麼？我說不定也喜歡火雞，或『豆腐雞』。」牠轉動我看得見的那隻眼睛。「真不幸，沒人邀請你。」我把罩帽戴在莉莉頭上，完全覆蓋那隻章魚。只有這次她完全沒抗議在頭上戴東西。

我把她抱到她的座位上，並且墊了一個枕頭，讓高度剛剛好。

「我切火雞的時候，大家來說說值得感恩的事情。」

豆腐雞！莉莉糾正我，但是不對。

火雞看起來美極了，我甚至捨不得切。外皮金黃酥脆，雞肉鮮美多汁；〈烤大隻的〉的作者真有兩把刷子。我下刀切下一隻雞腿，香氣立刻四溢，瀰漫屋內，飢餓的感覺油然而生，我才發現我整天都沒進食。很難克制自己不立刻咬一口。

崔特先說。雖然沒有南瓜麵包，他又得戴帽子，但他漸漸融入整件事情的精神。

「我很感謝麥特和維姬。」他開口，提到他的男友和鬥牛犬。「我很感謝好朋友，這是當然的。」他對著我和莉莉舉杯。「還有好的食物，事事順利，互相扶持。還有達拉斯牛仔隊。」

我忽然發現我們提前慶祝的節日少了足球和遊行。

「莉莉，妳呢？」

我很！感謝！豆腐雞！

「還有呢？」

就！這樣！豆腐雞！我！她舔舔嘴巴。

「好，我切。」我切了幾片火雞肉放到莉莉的盤子，又切了幾片放到崔特和我的盤子。

「我也一樣，感謝朋友和豆腐雞。還有剩下的豆腐雞做的三明治，還有六月的感恩節。我感謝家人。我妹妹梅莉迪斯，她今天打電話來說我又要當舅舅了，我超愛當舅舅。」

「恭喜！」崔特說。我舉起食指示意我還沒說完。

「但最重要的，我要感謝莉莉。莉莉來到我的生命之後，教我耐心、愛心，以及如何不卑不亢，優雅地面對困境。沒有人能逗我笑得更開心，或想抱得更緊。妳沒有辜負人類最好的朋友這個美名。」

崔特把叉子丟向我，因為他不喜歡聽到除了自己以外，我說別人是我最好的朋友，但我把叉子丟回去，要他以大局為重。莉莉心煩地看著我，這些讚美只是拖延晚餐時間。她的輪廓戴上罩帽顯得更加可愛。

我把食物盛在盤子裡（或說盛碗，對莉莉而言），然後淋上肉汁。很難說莉莉和崔特誰吃得比較猴急。我一口也沒吃。而是看著莉莉吃下每一口，看著她把碗裡的食物吃光，接著拉著罩帽的繩子，努力想舔繩子上的肉汁。

該死，珍妮。

我在哀悼。我現在很清楚。尋常的生活已經偏離軌道：三個人吃一隻八公斤的火雞。狗的食物放上人類的餐桌。六月在戲服店買到朝聖帽。一隻章魚可能會帶走我的狗。

可能不會有十一月。

星期一

我們即興的感恩節隔天，到了下午我才突然想到，今天不是黑色星期五[11]。甚至連星期五都不是，是星期一，但我人已經在購物廣場，在店家前面遊蕩，漫無目的尋找優惠。我經過幾家通常會感興趣的店，但我的心思不在這裡。凡是牢牢記得的回憶，都是關於犯錯的回憶。平行的記憶，陰暗的回溯。想起莉莉小時候把我的鞋子叼到樓梯頂端，也會想起她從樓梯上摔下來的可怕經驗。因為我沒料到，也沒想到應該在樓梯前做個柵欄阻擋。手術之後成功擠壓膀胱的事情，也會勾起曾經因為她不解尿，我在灰心之際用力甩了牽繩，她痛而哀鳴的事情。我們數次促膝長談意味著我們之間有過數次漫長的沉默，我們可能很生氣或者並不生氣，我們只是以為對方生氣，卻不願意去詢問對方是否生氣。

如果我記得所有的好事，難道我沒有責任記得所有的壞事？如果我記得感恩節的快樂，難道我不該記得食物中毒強迫服下雙氧水的痛苦？如果我能感受她依偎在我胸口的心跳，難

11 譯注：在美國，星期四感恩節的隔天，零售業開始聖誕節的折扣，稱為黑色星期五。

道我不該同時聽到她被雙氧水嗆到的駭人喘息？

這些回憶像老虎鉗一左一右的鉗嘴。我的頭夾在鉗嘴之間，鉗嘴也像海螺，發出大海的背景雜音，彷彿有人粗暴地掐著把手，鉗嘴壓得更緊，聲音更大，更難承受，直到我甚至想不起來為什麼人在這裡。折扣，對，但什麼東西折扣？我要買什麼？我在一個不是多大，不是多荒涼，甚至不是不熟悉的地方尋找我的方向。一台載著觀光客的巴士經過，叮噹作響，震耳欲聾，同時消失又穿透。我想起獸醫候診室的長椅，巴士的最後一站是那裡嗎？人們走出商店模樣似乎衡著我來。一個男人牽著兩隻臘腸犬，他們目不轉睛穿越人群。

他們穿越我的那一刻，我開始哮喘。

眼前一切模糊，我腦中唯一知道的事情是我必須離開。我的車在停車場六樓，而我忽然感到無法駕駛。離開停車場要繞著車道連續急轉好幾個暈頭轉向的彎，那會粉碎我僅剩的平衡感，根本不用奢望開車回家。我搖搖晃晃走過兩家餐廳，兩家毫不起眼且缺乏特色的餐廳，連我狀況好的時候也會懷疑誰在裡面用餐。我知道兩家餐廳之間就是購物廣場的出口，通往停車場的方向，但我無法穿過那條狹窄的小徑。我的腦袋充滿幾個月前發生的事，一個男人從停車場的屋頂一躍而下，墜落在手扶梯底。我不是想著那個男人，完全不是，除了新聞報導以外，我對那個男人一無所知。我想著死亡。

是粉身碎骨。

是結局。

是斷氣。

是那隻章魚。

我蹣跚向前，知道前方就是購物廣場的東邊。我的眼角瞥見一個招牌，示意J. Crew男裝「即將開幕」。我心想，我喜歡那家店，如果能活著離開這裡，如果有勇氣再踏進來。

不知為何每年十一月矗立聖誕樹的草皮附近總會出現一張桌子，如果真的是黑色星期五，聖誕樹已經在這裡了。我跌進一把椅子，垂下頭。桌面骯髒，但我不管。我甚至不知道這是哪家店的桌子。搞不好我該買杯哈根達斯的冰淇淋或威佐的蝴蝶麵包才能坐下。也許我會，但現在我只想停止暈眩。我需要不會掐著我的想法。我需要不會勾起壞念頭的好事。我需要震耳欲聾的背景雜音消失不見。

我需要自我懷疑停止摧殘我。

我的頭不斷抽痛，空氣濕黏，彷彿呼吸著奶油。汗水濕透我的襯衫，像保鮮膜一樣黏在背上。我想吃藥——令人放鬆舒暢的糖果。我記不得家裡還有沒有。可惡的珍妮，不開藥給我。我試著想像煩寧帶來的鎮靜。大腦訊息傳遞趨緩的同時，笨重的感受逐漸增加。鎮靜的快樂，溫暖的擁抱。也許憑藉這個念頭，我就可以進入平靜的狀態，只要想著藥就好。

一團絨毛落在我腳邊，接著另一團。我以為下雪了。不是真的下雪，洛杉磯從不下雪，只有聖誕節時購物廣場會在屋頂架設望遠鏡般的長管，噴出人工的雪。兩片雪花在微風中飄了六個月，現在才落下？不。搖搖晃晃的幼兒吹著蒲公英，一個母親追著。我早該知道。在地獄的邊緣，不會有什麼東西毫不費力地飄浮——不可能長達六個月。

我從腋下再度看到臘腸犬經過，我只看得見他們小小的腳掌，短短的腿。一共八條腿，和那隻章魚一樣。但這些腿快速移動，看起來更多，像上百隻腳的馬陸外出散步。看著他們靈巧地越過各種障礙和喧鬧，加上對藥的想像，我漸漸平靜下來。

莉莉完全無法忍耐購物廣場。再也無法。年紀大了無法。她沒有穿梭人群之間的能力。她會退縮，低頭，直到我找到安全的地方讓她休息。她會像現在的我：無助、暈眩、害怕。

隨著莉莉年老，她的反應遲鈍，視力也不如以往銳利，嘟嘟之前的獸醫警告過我，莉莉可能會發展出某種叫做封閉世界症候群的病。我告訴他，我沒聽過封閉世界症候群，只聽過新世界症候群（原住民學習現代人不事勞動的生活，結果導致肥胖、糖尿病、心臟疾病——沒在跟你客氣的，美洲原住民）。我不知道封閉世界症候群是真實的症候群還是那個獸醫捏造的，甚至取了冠冕堂皇的名稱。但莉莉感到安心的地方，確實以我們的家為中心，範圍越來越小。很巧的是，我也是。或者莉莉的老化，湊巧與我和傑佛瑞的關係結束，寫作生涯停滯，紛紛在同一時間開始。「傑佛瑞還好嗎？」「寫作還好嗎？」這兩個都是一秒鐘就能激怒我的問題。不是由於他們無知，而是我無從回答。傑佛瑞好嗎？**我們無法維持兩天不吵架**。寫作還好嗎？**我已經好幾個月沒寫東西了**。逃避人群比解釋困境來得容易。我的封閉世界症候群稍微進步，部分因為恢復單身自然好轉。但莉莉沒有。

自從那隻章魚來了以後，我發現自己又開始作相同的繭。我不可能談論我無從回答的事。如果我在熱鬧的派對或客滿的餐廳和朋友碰面，任何一個人問：「莉莉好嗎？」我到底該說什麼？

「喔，她頭上有一隻章魚。」

「她頭上『有隻蟑螂』？」

任何對話都會從這裡開始失去交集。

慢慢地，我抬起頭，看著四周。Abercrombie & Fitch外頭有一個沒穿衣服的模特兒。Nordstrom的門面正在整修。Crate & Barrel在店外撐開醒目的條紋庭院傘。有個可能是馬克．盧法洛（Mark Ruffalo）的人正抄捷徑往契爾氏（Kiehl's）去。慢慢地，腦袋的抽痛停止。慢慢地，我體溫下降，心跳恢復正常。

我希望有什麼方法能透過我的手機看看那隻章魚走了沒有。某種監視保姆的應用程式，連接到我家每個房間的鏡頭。某種能夠讓我看見莉莉在她的床上睡覺的東西，她的頭上再也看不見那隻野獸，她的心徜徉在美夢之中。或者我應該很高興沒有那種東西。否則只會無法克制地一再檢視手機，失去當下，失去生活。也許我會因此正大光明和莉莉分開，在我的奇想中，那隻章魚這個時候就會離開，即使我內心知道，可能要分開好幾次牠才會走。

當我回到家，那隻章魚還在那裡。我的心一沉，儘管大腦告訴自己要堅強。我幫莉莉穿上牽繩，兩人出去散步。我們例行的散步，走在安靜的街道上，通往山丘。我們因為症候群而隱居，每天出門的路線縮短成繞一小圈後快速回家。在那之前，這是我們每天走的路線。

我們走過兩條街，從轉角爬上可以清楚看見好萊塢招牌的山丘，莉莉在草皮和人行道之間發現某個味道，我讓她聞。我不會拉扯她的牽繩，她可以恣意而為，而我也會原諒自己曾經犯下的錯。我曾經那麼生氣，我曾經那麼粗暴。

午後的空氣清涼，薄霧溫柔。季末的藍花楹落英點綴人行道。街道冷清。人們還沒下班回家遛狗。不會有人投以異樣的眼光或斜眼偷瞄。不會有人停下來問為什麼有隻章魚在我的狗身上搭便車。遠方，群山綿延，丘陵堆疊，勾勒出洛杉磯盆地的輪廓。空氣中有股輕柔鹽味——你得真的用心去聞，但就在那兒。

「喔，看！是好萊塢的招牌。」說話的是那隻章魚。莉莉聞完了，轉過身看著我。

我白眼。

「比我想像得還要小。」

「你也比我想像得還要小。」這樣回嘴似乎沒什麼威力，我甚至不知道自己是什麼意思，但我只能想到這個。看上去小就表示不重要吧，我想。

瞬間，我想也許那隻章魚是來觀光。想看看好萊塢的招牌、中國戲院、威尼斯海灘、他們拍《終極警探》的大樓。也許牠誤把莉莉當成小型、四條腿的觀光巴士，牠坐在上層，等待拍照的時機。

但我知道不是那樣。

儘管如此，看著蒼天，我想，我們還是要多多外出。不是因為這樣做那隻章魚就會離開，而是擔心那隻章魚也許就不走了。

星期三晚上

我醒來發現床在搖動，第一個念頭是地震。已經好多年沒有地震，足以記得的地震。接著是我心中已經預備的。

期待的。

等待的。

我手肘使勁一撐，盯著黑暗。不太一樣，不太對勁。不是建築結構表面的震動感受。並沒有雲霄飛車爬到頂點，往下前胃瞬間下沉的感覺。我心中完全沒有浮現預期的沉著，你以為地震發生時自己會有的能力——思考手電筒的電池在哪裡，計算屋裡礦泉水瓶的容量，回想電晶體收音機如何操作，思考屍體被發現時是否衣衫完整。

我把手放在莉莉身上，地震搖動的源頭愈趨清晰——她的癲癇再度發作。我側身，把她緊緊抱在懷裡。我的嘴唇就在她耳後，在那隻章魚後面，而我憤怒低喃：「放開她。放開她。放開！」接著對莉莉說：「我抱著妳，我在這裡。噓……」

我的思緒漂流，想像我們在戰地醫院，離戰場不遠。空氣炎熱潮濕，而莉莉是受傷的軍人，因施打嗎啡意識不清，全身顫抖，腦海不斷重現戰火來襲的恐怖畫面。我是悲天憫人的護士，試著安撫這位傷兵，告訴她不要去想遠方轟炸的砲彈，不要去想同袍的哀鳴，不要去想燒焦的屍臭和殞落的生命，不要去想張牙舞爪、歌頌死亡的飛鳥，同時溫柔地撫摸她的額頭。

莉莉不斷抽搐，甚至雙眼上吊，而我的驚恐轉為無助、癱軟，只能等待抽搐停止。我的手扶著她的下巴，以免她扭傷脖子。我忽然想到她可能不自主或因為害怕而咬人，但我不管。讓她咬我。我會敞臂歡迎這股痛。我寧可讓什麼把我這個廢物喚醒。我的眼淚落下，我開始覺得章魚在擠壓我的頭，牠的八隻腳吸附我的皮膚，像恐慌症發作時夾緊我的鉗嘴。我幾乎把手從莉莉的下巴移開，看看章魚是否從她的頭上跳到我的頭上。幾乎。因為我知道牠還沒有。我仍然看得見牠，牠的觸腳緊箍著莉莉。

搖動逐漸緩慢，同時我感覺身體底下一陣溫暖。潮濕的感覺像食物色素滴進水中擴散開來。溫暖立刻轉為冰冷。莉莉尿床，她的尿滲入床單。我並不急著把我們兩人從這片濕濡中移開，而是等待癲癇完全退去，即使完全退去，我們還是安穩地躺著，聽著我的鬧鐘走了幾分鐘。

我想起每次莉莉睡前散步沒有小便的時候，我心裡有多緊張。那些夜晚是多麼難以入眠，擔心我恐怕得在日出之前摸黑帶她到庭院。我們兩人為此吵架多少次。我總是以為我知道她什麼時候需要小便，但今天晚上之前，她從沒在床上小便。而現在她小便了，我們卻只是躺著，伴隨時鐘的分針不斷移動，我對她的愛也不斷滋長，我們兩人深深呼吸。

到底有什麼好害怕？

為什麼我總是非常生氣？

我為什麼非得是對的？每次和她吵架一定要贏？吵贏一隻狗？

於是，就這樣，所有的怒氣都消失了。釋放，像排空的膀胱，流到柔軟的棉質床單，而我們躺在一片濕濡中。

莉莉嘗試調整呼吸，但立刻變成喘氣。

「妳要喝水嗎？可以喝我的。」我指著床頭櫃上的水杯。

「對不起。」我說。「之前那幾次晚上。」

「為什……麼……？」喘氣還沒停。

我因此哭得更厲害。那些晚上，她完全不知道我在床上生她的氣。或者她那時知道，但她忘了。因為狗兒活在當下。因為狗不記隔夜仇。因為狗兒每天都會放下怨恨，絕不讓怨恨化膿。他們每一分鐘都在化解與原諒。每個轉彎處都是重新開始的機會。每次球一彈跳都帶來喜悅和熱切的追逐。

她想知道我為什麼道歉。我不想告訴她我生氣的事。我不想在她的眼裡留下汙點。不是現在，不是那隻章魚聽得到的時候。

所以我開口，我說謊。

「因為我得幫妳洗澡。」

莉莉的綽號大全

笨笨
小小
莉兒
猴子
邦妮
邦妮兔
老鼠
小老鼠
鵝
呆頭鵝
貓鼬
怪獸

怪獸電力公司
花生
花生醬
花生豆
豌豆
核桃
核桃腦
銅屁屁
瘋子
寶貝
小狗
孔雀魚
老女人
怪怪
怪喀
怪裡怪氣
吱吱叫

吱吱叫佛羅姆
老虎
傻傻
軟糊糊
軟糊糊臉
潮人
酷
酷彈簧
豆豆
狗

星期六

太陽升起，曙光意外耀眼。這是六月的陰霾一掃而空，七月即將大駕光臨的徵兆。我們都很累，早上散步後，如果能爬回床上看書，懶洋洋地睡睡醒醒應該不錯。但熾熱的太陽揮手示意：有黑暗，也有光明。躺在床上就是擁抱黑暗、癲癇和那隻章魚，出去外面就是擁抱光明。

「要不要出去走走？」吃早餐的時候我提議。她吃乾糧，我照例吃穀片。

莉莉不回答，先吃完她的早餐，接著聞遍廚房地板，確定沒有乾糧從她的碗裡逃跑。

「我可以待在家裡。」

「我知道妳可以待在家裡。但我想我們應該出去兜兜風，看看海。」

莉莉考慮了一下，我不知道她還記不記得海洋。如果她想念海洋的話。我們以前經常去。我倒希望那隻章魚想念海洋，看了牠的故鄉一眼，然後爬回海裡。

早晨的太陽曬得車裡暖熱，我打開天窗。莉莉在副駕駛座待了三十秒，接著爬到她的固定位置，也就是我的大腿上。她轉了三圈，我停在停止開車的標誌，直到她坐好。因為當你的狗踩在不該踩的敏感部位，開車並不容易。一如往常，她把下巴放在我的左手彎曲處，我們轉個彎直向西邊去。

我們立刻上了太平洋海岸高速公路。其他人呢？整個城市似乎都被陰霾與薄霧欺哄，放棄當隻早起的鳥兒了。他們損失，我們收穫。我們從十號出口下高速公路，陽光依舊閃耀，隧道的盡頭可見太平洋。絕大部分的洛杉磯和海洋的氣候並不同，這一點很難對遊客解釋。海灘通常是整個城市最後看見太陽的地方。但今天不是，今天，陽光在水面上熠熠生輝。

我播放手機裡的音樂，調高音量，但莉莉似乎感到很煩，一臉嚴重宿醉的模樣。貝斯的聲音穿破她的耳膜，於是我調低音量，旁人得經過天窗才能從空氣的波動感受音樂。我們經過一連串熟悉的地標：我和傑佛瑞第一次約會的餐廳；上次我父親來訪時我們午餐的酒店；我二十多歲時，去馬里布海灘之前停留買礦泉水和點心的超市。每經過一個地方，我就看見較年輕的自己，而我忍著不朝他們揮手；我心想，年輕的我會怎麼看待現在的我，如果他們認得出來，甚至願意揮手回禮的話。

我們在艾爾馬塔多（El Matador）停車，大約在馬里布北方十六公里處。這個海灘總是清新療癒。我剛搬到這個城市的時候，常找一、兩個朋友，抓了毛巾和防曬乳就來這片海灘。直到太陽下山，他們硬把我拉走。現在看來，縱情在悠閒的時光，好像有做不完的事情，但那八成只是藉口。說真的，在那裡要做什麼？

雖然是一大早，小小的停車場只有三個空位，我趕緊搶了一個。毫無疑問，停車位都被衝浪的人先馳得點——他們的生理時鐘和海浪是相連的。停車場大約在海灘上方五十公尺高的峭壁上，光從停車場望向大海就是絕佳美景。另外兩個小海灘就在眼前——艾爾佩斯卡多（El Pescador，漁夫）、拉皮耶德拉（La Piedra，巨石）。我納悶艾爾馬塔多的名字怎麼來的，意為鬥牛士。也許因為海裡升起的岩石排成陡峭的形狀。但在我看來不像牛，而像海怪，像那隻章魚。如果名字改成艾爾普拉波（El Pulpo）[12]，可能就沒那麼吸引人。

莉莉和我下車，散步到峭壁邊緣。我把她抱起來，兩人一起凝視著地平線。

「妳記得這個海灘嗎？」

「是這個海灘嗎？」她問。

「是啊——下面就是。」

莉莉往下看。「我記得。」接著，她試探地問：「我們要下去嗎？」

「今天不下去。小狗不能進去這個海灘。」有個標示這麼說，但我考慮違反規定。其他人會怎樣？打電話給海巡隊？打給警察？但莉莉似乎滿意這個答案，而且附近有張桌子無人使用，於是我決定不驚動任何人。「我想我們可以在這裡坐一會兒。」

莉莉同意，於是我們坐在那張桌子上，聆聽海洋以及浪濤打在峭壁上的聲音，聲音在遠遠的底下，聽起來比實際還遠。海邊模糊的人群嘻笑，天邊的海鷗高歌，交織成交響樂章。

「我們要做幾個決定，猴子。」

莉莉看似深思熟慮，接著問：「你為什麼那樣叫我？」

「為什麼那樣叫妳？」

「猴子。」

「我為什麼叫妳猴子？」

「還有其他的名字。」

「那是親愛的暱稱。」

「我不懂。」莉莉斜眼盯著太陽。

「親愛的暱稱就是用來稱呼深愛的人的名字或名詞。」

起風了，我們安靜地坐了一會兒。

「你對我有很多親愛的暱稱。」她觀察到這件事。

「那是因為我很愛妳。」接著，我想到，「妳對我有任何親愛的暱稱嗎？」

莉莉想了想。「大多時候，你對我來說是『那個人』。」

我大可為此難過，但我沒有。親愛的暱稱八成是人類的東西，不在狗的世界。他們有別的東西代替，例如，搖尾巴。對她來說，我是「那個人」。那個人。她的人。

幾隻海豚躍出海面，我們看著牠們潛進白色的浪花中。我有點希望我們不在高高的峭壁

12 譯注：西班牙文「章魚」之意。

上；我有點希望我可以游向海豚，尋求牠們的幫助，用牠們的尖鼻把章魚從莉莉頭上撬開，讓牠回到大海。

「那隻章魚聽得見我們說話嗎？」

「聽不見。」

「妳知道？」

「有時候。他常覺得我們很無聊，不想理我們。」

「如果牠真那麼無聊，就應該離開。」我搓著莉莉的脖子，努力忍住我的怒氣。覺得**我們**很無聊？真的？牠又不是什麼幽默大師或急智歌王。牠以為自己是哪根蔥？

莉莉把嘴巴舉得老高，我知道搓背很舒服，於是我繼續。我知道那隻章魚不會礙事的時候，和莉莉依偎也更自在。「我們要做一些決定，鵝。困難的決定。關於怎麼擺脫……」我沒說「那隻章魚」，而是用手指著牠。我不想引起牠的好奇。「而且坦白說，所有選項都不好。」

我不斷搓著莉莉的背。我不確定她聽懂多少。對那隻章魚不好？對她不好？對我們不好？我想起嘟嘟對我說的話，以及我自己的研究，雖然我的研究有限——如果你google「章魚和狗」，多數的結果是把熱狗的底部橫切八段，保留三分之一，就會像一隻章魚。這是日本人給小孩帶的便當。這讓我對日本人的印象打了折扣。

「如果動手術，他們會嘗試把牠切掉。這個作法蠻直接的。但醫生得讓妳睡著，才知道牠的手腳多長，能不能把牠全部切掉。」莉莉一臉困惑，於是我提醒她：「妳以前就動過脊椎手術。」

莉莉退後，我感覺到她在發抖。「我不喜歡手術。」

「我想沒人喜歡。」可能除了外科醫生。

「還有呢？」我料到她會如此反應，但手術的效果整體來說是最可期的。拿解剖刀刺進章魚，把牠切掉，聽起來真是吸引人，我甚至想親自動手。拿刀終結他囂張的氣焰。但就連技術最頂尖的外科醫生，動這個手術也得拿刀刺莉莉。即使這個選項值得，我們仍難以接受這個事實。

「還有化療和放射線治療。」

「那些是什麼？」

「他們會把那隻，牠，縮小，我想。」聽起來真好笑，像卡通。那隻章魚在我們的眼前越來越小，直到剩下牠哀嚎的聲音，慘叫著「我融……化了」，像西方壞女巫那樣[13]。

「這些像手術一樣痛嗎？」

我無法想像莉莉接受這些治療。化療和放射線對她已經衰弱的身軀會造成什麼影響。她會無力失聲。我完全無法想像自己聽見她說，**我！剛！從！化療！回來！好好玩！我們！**

13 譯注：西方壞女巫是童話《綠野仙蹤》的角色。

都！舔！天花板的！花生醬！瘋狂！舔！直到！舔光光！

我無法想像再也聽不見她大叫任何事情。

「都不舒服。」我說。

「下一個。」她的語氣帶著抗拒。

「他們也可以注射類固醇，控制那隻章魚。控制因為牠引起的大腦腫脹，然後再給妳抗癲癇的藥，減少發作。但這些對妳的腎臟會造成很大的傷害。」

莉莉的脊椎又發炎的時候吃過好幾次類固醇。我一度覺得她注射類固醇這件事很好笑，某天我回家可能會在牆上發現一個臘腸犬形狀的洞，附近所有的車子都被翻倒，像綠巨人浩克抓狂一樣。但說好笑其實是因為我很害怕。我必須把類固醇想像成超人、超能犬。她的脊椎不能再開刀了，所以類固醇必須很有威力。類固醇一定要發揮作用。

「哼。」莉莉發出嘲弄的聲音，總結她對所有選項的意見。

她無法幫助我決定。她是隻狗，有其他考量，而且這些她真的聽得懂嗎？或者她已經做好決定，我只需要聆聽。也許她知道獸醫的意思，任何人只要想想就會知道。狗身上的章魚根本無藥可醫，至少目前還沒發現解藥。

莉莉站在我的大腿上，舉起前腳，擺出她最佳的守衛姿態。

看！海豚！回來了！牠們！在跳！我！想要！在海浪裡！跳！像！那樣！

我抬起頭，海豚群回來了，而且牠們在升起的海浪之中跳躍、旋轉、甩動。

而更迷人的是莉莉的聲音。我無法承受聽不見的一天。她的聲音蒼老了，吠叫少了，也慢了。她幼年時的衝勁不復。但那依然是她的聲音。那依然是她。

「妳不喜歡弄得濕濕的。」我說。

「喔，對。」她坐回我的大腿。

「不過聽起來很好玩，老鼠。在浪裡頭彈跳。」

沉默了一會兒，莉莉抬頭看著我。「有時候我把你想成爸爸。」

我的心揪得好緊。

這是我唯一需要的親愛的暱稱。

Part 5

墨水

一

很晚了，已經過了去找莉莉，把她帶到床上的時間，只是今晚我不需要找她，因為她在走廊上騷動，不停吠叫、低鳴。我過去看她，她盯著臥室和浴室之間的角落，蹲低擺出攻擊的姿勢，豎起脖子上的毛，顯然受到驚嚇而且不悅。

「小鵝？小鵝！怎麼了？」

她絲毫沒有停下或退後，或任何發現我來到的跡象。她只是對著那個角落吠叫，好像大批士兵進犯一樣。我蹲下要抓住她，她惡狠狠地阻止我。

這！草泥馬！救生艇！七！國會！砂鍋！北極圈！睡衣！

這……

我們盯著對方，動也不動。好像恐怖電影裡，有人開始說起沒人聽得懂的話，整個房間都安靜下來。我差點等著莉莉的頭像貓頭鷹一樣旋轉，然後吐出豌豆汁。但我很清楚，她不是被眾魔附身，妖魔只有一個，那隻又濕又軟，八隻觸腳的王八蛋。我把她掬起來，緊緊抱著安撫她，但她不斷扭動，忽左忽右，幾乎從我的懷中掙脫。費了好些時間她才冷靜下來，把附身在她身上的妖魔趕走，但是接下來她卻無法控制地發抖。
「孔雀魚，妳怎麼了？」
莉莉轉身對著燈，又從燈轉向餐桌，再從餐桌轉向臥房。
「我看不見。」她說。
我大吃一驚。「看不見什麼？」我打開燈，希望有用。
沉默良久。「什麼都看不見。」
我看著那隻章魚。「你做了什麼？」
那隻章魚看起來很煩。「你沒發現這個家裡有個越來越明顯的趨勢嗎？我總是第一個被責怪的。」
「**你做了什麼！**」
「對她？」
我過去一直忍著不動手，但既然莉莉激動不已，我呼了那隻章魚一巴掌。狠狠地。我馬上就後悔了，但莉莉不以為意。
「噢！」牠舉起一隻手揉著被打的地方。「我噴出墨汁，滿意了嗎？」
「她看不見！」
「那就是噴墨汁的用意。」那隻章魚面對我的怒火總是一派輕鬆的模樣，這就是我最痛恨牠的地方。

「你還問為什麼責怪你。」

「喔，嘿，你看看。好吧，我想這是我造成的。」我厭惡那副瞬間頓悟的表情。

我希望有什麼方法可以揍牠一拳，打斷牠的下巴，但沒有。沒有不傷害莉莉的方法。所以我親著莉莉的脖子，避開那隻章魚。

「開個房間吧。」那隻章魚說。

我想像自己抓起牠的手，繞在牠脖子上，活生生把牠勒死，就像莉亞公主對賈霸做的事一樣，直到牠死掉，直到討人厭的舌頭垂掛在嘴邊。但我沒有。我把莉莉放在地上，不斷搓揉她的背，讓我們兩人都冷靜下來。過了一會兒，她恢復一點力氣，朝著牆壁走了兩三步。

「慢慢來，猴子。」

莉莉後退，調整方向，又走了幾步，又碰到牆壁，但這次比較靠近廚房門口。

「我的水呢？」莉莉問。

我輕輕扶著她的軀幹，引導她經過走廊走到客廳。我來不及阻止，她已經撞到她的碗，水從邊緣溢出來，潑到她的腳。

「找到了。」她說。她把腳從水中移開，接著急忙舔著碗裡剩下的水。

「章魚，你現在不是該走了嗎？」

「我不覺得。」牠開口，莉莉還在喝水。「為什麼？」

「你噴出墨汁就是為了逃跑。你藉此染黑海水，躲避天敵。」

章魚搖頭，害莉莉有些失去平衡，她很快又站穩。「喔，我們兩人之間，**你反而**變成章魚專家啦？」

「不要以為你睡著我還閒著，我看了不少你這一類的資料，好把你殺掉。」我不該那麼說，似乎太過招搖，但我找資料的時候莉莉通常就在我的大腿上，所以我猜牠略知一二。

莉莉喝完水，往她的床走去。我差點對著那隻章魚大吼，我跟你講話的時候不准走開，但我想起牠是個乘客，而且我希望莉莉走動，重新尋找方向。從她喝水的碗，她知道怎麼走回她床上，而且安然抵達。

「喔，我不會稱呼這個東西為天敵。」那隻章魚回答。牠憐憫地搖搖頭，莉莉照常轉了三圈後才躺下。

「你怎麼不從她頭上爬下來，看看你離開『這個東西』還能活多久？」如果莉莉能夠抓住章魚濕軟的身體，甩到牠裡外顛倒。這是我唯一不被莉莉的狩獵本能嚇到的時候，她會撕開獵物的內臟，她天生的德國性格。

「不用了，我在這裡就好。」牠露出邪惡的笑容。莉莉的下巴靠在床沿。也許睡覺對現在的她而言最好。但我內心有一部份希望她不要屈服於盲眼，部分的我希望她能蹲低，進攻，衝向牆壁，把那隻章魚撞得求饒，讓牠被自己的傲慢嗆死。

「喔，既然她不是天敵，你也不打算逃跑，你為什麼要噴墨汁？」

那隻章魚白眼。「我以為你是章魚專家。」

我們互相瞪著對方，而且我知道彼此都不打算屈服，牠也知道，所以我說出我的答案。

「因為有時候你很無聊。」

那隻章魚露出驚訝的表情，甚至還有點佩服，但牠飛快地掩飾。「非常好。」

「墨水會持續多久？她什麼時候會再看見？」

那隻章魚聳肩，我不知道牠怎麼辦到的，因為章魚沒有肩膀，但牠真的做到了——聳肩。「我不知道。」牠的聲音聽起來好像真的很為難。

「為什麼？為什麼你不知道？通常會持續多久？」

「我不知道，因為墨汁散開的時候，我早就跑了。」

「但你現在還在這裡！」我的頭幾乎要爆炸。

「你知道嗎？我收回剛剛的話。你真的變成專家了。」

我轉身背對牠，用手摀住嘴巴，壓下怒吼的聲音。

「還有，我不知道，因為我從沒把墨汁往某人的腦袋噴。」牠嘟起嘴巴吹氣，嘴唇振動，唱出這句話，一副沒輒的樣子。

那一刻，我明白莉莉的視力不可能回復了。那隻章魚奪走了，單純因為牠無聊而且牠做得到。莉莉看著我的臉，看著這個世界，看著她的世界，已經是過去的事。她現在是隻盲眼的狗。

我的箭袋一枝箭也沒有，但我掏出心裡所剩不多的箭，仔細瞄準。「章魚確實有天敵，你知道的。」

那隻章魚笑了。「哈哈，對。鯊魚！」牠左右張望。「我沒看到這裡有鯊魚！」

這次我不說出心裡的念頭。這次我把手上的牌緊緊貼在胸口。這次我不洩漏我的擔憂和徹夜研究的結果。這次我領先牠一步。

沒錯，鯊魚。確實如此，這裡沒有鯊魚。但我還是有理由跟牠拼了。

因為章魚有兩個天敵：

鯊魚。

人類。

二

陽光炎熱，燙傷我的雙眼。我越是緊閉，熱與汗水越是令眼睛發癢。我用力揉，接著睜開，眼前的色彩和圖案有如萬花筒。無訊號的電視畫面，色彩漩渦，彗星燃燒的尾巴，旭日初昇，龍捲風，狂亂，平靜——都發生在緊閉的眼皮背後一片漆黑之中。我心想，如果莉莉感受得到光，盲眼的她，看到的是否就像這樣。她的盲眼之中充滿色彩與圖案，或者只是一片漆黑。她的雙眼被章魚的黑色墨水完全覆蓋了嗎？

我的手肘撐起身體，慢慢睜開眼睛，看見崔特的游泳池。我望著我的朋友。他背部朝上躺著，太陽眼鏡歪斜掛在臉上。我看不出來他是醒著還是睡著。我伸手到椅子底下唯一的陰影，想要尋找塑膠杯，卻找到一瓶防曬乳。我找到杯子，裡頭是空的。

「要不要喝點東西？」崔特的聲音含糊微弱，消失在午後的空氣中。

我轉向崔特，他動也沒動。「我來，等我一下。」我的身體緊黏著躺椅，想優雅地起來卻無法辦到。在陽光底下很舒服，我幾乎完全放鬆，此刻是幾個禮拜以來最放鬆的時候。莉莉也喜歡這樣，溫暖的下午，柔軟的草皮，安靜的後院。但自從那隻章魚奪走她的視力，我不放心她靠近水。像平常那樣在院子散步可能就會掉進池裡。

我們努力適應新的居家生活。她牢記家裡的格局，但有時候還是會差個幾公分而錯過門口。我們的努力讓我想起海倫凱勒的笑話：要如何處罰海倫．凱勒？——改變家具的位置。嘟嘟聽到莉莉失明並不驚訝，雖然他和診所員工都無力恢復她的視力，我們根本毫無選擇。不過，他倒是教我在家裡找一個地點，稱為「基地」。莉莉迷失方向時，就把她抱到那個點，然後大喊：「基地！」就會像按下重新開機一樣，快速幫她找到方向。我經常覺得這麼做很蠢（馬可！波羅！）[14]，但似乎有效，而且莉莉反應良好。慢慢的，我們找到辦法。

海倫．凱勒如何認識她丈夫？——盲目的約會。海倫．凱勒的腳為什麼濕了？——因為她的狗也看不見。

維姬在前方角落的草皮拍打一顆充氣的海灘球。她穿著小狗專用的橘色救生衣，非常醒目。你不太會將英國鬥牛犬和游泳聯想在一起，而且她在這裡顯得很突兀，就像邱吉爾出現在海灘。我轉頭，正好看見她把球拍進泳池裡。她一臉驚愕，看著球慢慢漂走。她的舌頭歪向一邊，喘著氣，焦慮地希望球漂回來。球不會回來，但也無妨。如果剛才她把牙齒戳進球裡，球就完蛋了。

「你去哪裡買游泳池的玩具？」

14 譯注：「馬可！波羅！」是iPhone的應用程式，找不到手機時大喊「馬可！」，手機會回答「波羅」！

崔特呻吟。他把頭轉過去背對我，太陽眼鏡這下完全從他臉上掉下來。

「游泳池的玩具，哪裡買的？」

「范圖拉的某個地方。」他轉身朝上。「我以為你要去拿飲料。」

「你覺得他們有鯊魚嗎？」

「鯊魚？」

「充氣鯊魚。」

崔特想了一分鐘。「他們有……海豚。」

我思考了一下，覺得海豚沒用。那隻章魚不會怕海豚。「我要凶猛的東西。我要鯊魚。」

「在海豚臉上畫牙齒。」

「不只是牙齒的問題。是噴水孔。」

「你要鯊魚做什麼？」

「為了那隻章魚。」

崔特的手肘撐起身體，摸索太陽眼鏡，戴回臉上。他看著我。「你這下要買禮物給那傢伙？」

「不是禮物。是威脅。章魚怕鯊魚。」

「是喔。」崔特搖搖頭，雙手使勁在空中揮舞。他很怕蜜蜂，所以常揮手。但我沒看見任何蜜蜂。

「沒關係。我去拿飲料。」

我抓起他和我的杯子走向廚房。泳池四周的地板很熱，我得快步通過以免燙傷腳底。進去之前，我從玻璃門看見自己的倒影，背脊頓時發冷，我可以感覺腳底炎熱的水泥，但我不在乎。我的視線，在陽光和酒的影響下，盯著玻璃中模糊的自己。我認出自己粗糙的臉，蓬頭垢面。我瞇起眼睛，後退一步，倒影變成兩個。我不只有兩隻手、兩隻腳，而是有四隻手、四隻腳。八隻。

我變成我不認識的人。

我變得兇狠、邪惡、野蠻。

我變成那隻章魚。

三

紙袋裡裝著六片餅乾和三張紙巾，我伸手進去，拿出M&M口味，咬了一口。餅乾還是溫熱的，可能剛出爐，或者來的路上放在儀表板曬太陽，或者誰在乎。我只知道如果我又得在這個柔軟、奶油色的地獄浪費一個星期五下午，我一定要吃餅乾，而且吃很多。

我一片也不給珍妮。

「那是什麼？」我盯著珍妮手上一疊尺寸過大的卡片，心生懷疑。

「我想今天來點變化。」

「我不喜歡變化。」不是現在——絕對不是跟珍妮一起。

珍妮點頭，但繼續進行。那些卡片的尺寸和形狀讓我想起小時候和梅莉迪斯一起玩的裁縫卡。我喜歡梅莉迪斯的玩具多過自己的玩具，尤其是她的填充動物玩偶和手工藝類的玩具。有一年聖誕節她收到動物指套模型組，直接轉送給我。我多希望現在手上就有那些指套，因為我想對珍妮比中指。

「你知道羅夏克測驗嗎？」

「誰不知道？」

「所以你知道？」

可惡的珍妮。我拿出另一片餅乾，張大嘴巴。「墨漬測驗。」

「你做過這個測驗嗎？」

「沒有，而且我不知道我現在為什麼要做。」

「這個測驗可以幫助我瞭解你的情緒功能、思考歷程、內在衝突，如果你正經歷某些思考混亂……」

「例如覺得我的狗頭上有隻章魚？那種思考混亂？」

「我沒有那樣說。」

「妳的意思就是那樣。」

「我的意思不是那樣。」

「因為我給妳看照片。」

珍妮向前，擺出無辜的手勢，試著化解我的疑慮，但她失去平衡，反而像屈膝。

「我想這會很有趣。」

我完全瞭解，因為我是以封閉世界症候群患者的身分說出接下來這句話，而且我還是對著知道我是封閉世界症候群患者的人這麼說，偏偏我就是阻止不了自己開口——「妳應該多出去走走。」

珍妮微笑，不慌不忙把卡片放在桌上，就像〇〇七電影在賭場洗牌前收發籌碼的人。但珍妮沒有洗牌，她只是遞給我第一張。「不如直接開始？」

我把手上的餅乾咬在牙齒間，拍掉手上的餅乾屑，拿起卡片，先往左邊轉，再往右邊轉。我還不確定今天遇到的是舊的珍妮還是新的珍妮，所以決定先配合。我可以看見我想像中那個厲害得多的治療師鼓勵我加入。

你有什麼好損失的？他說。

我有什麼好收穫的？我反問。

我端詳那張卡片。看起來其實就像墨漬，但當我把卡片上下顛倒的時候才發現。「是章魚。」餅乾還在我的牙齒之間，碎屑掉在我面前。我想起在白宮工作的朋友跟我說過，記者坎蒂．克勞利每次吃餅乾，總有碎屑掉在胸前。我不知道為什麼想起這件事，而不是覺得自己應該要像火場中的記者，盡力報導眼見的事物。

珍妮得把卡片轉向自己才能看見。「大多數人會說『蝙蝠』，或是『蝴蝶』。」

我拿出牙齒間的餅乾。「表示大多數的人都錯了。那是章魚。我是說，從上面看下去的角度。妳從上面看牠，就是這個樣子。大多時候我都這樣看牠，因為牠在一隻臘腸犬的頭上，而且臘腸犬的腿很短。」

珍妮一臉懷疑看著我，心想我是不是唬弄她。我看得出來她想問我是否認真看待這個測驗。我覺得我們都需要輕鬆一點。

「你知道賀曼・羅夏克（Hermann Rorchach）是個帥哥嗎？」

「什麼？」她問。

「這個測驗的發明人。」我的用意是讓她失去戒備，也許轉換一下主導權。

珍妮把第一張卡片放在我和她之間的桌上，往後坐進椅子。「我知道賀曼・羅夏克是誰。」

「喔，其實，他是帥哥。超帥，頂級的布萊德彼特。有一次我的寫作計畫要研究他。原來他三十七歲就死了，腹膜炎。」

珍妮看著我，接著在筆記本上寫了些字。也許比起對第一張卡片的詮釋，我對羅夏克的認識更能反映我的性格。也許她寫下「腹膜炎」，提醒自己待會兒去查字典。我是說，她大概知道那是什麼，但這就是取名珍妮的麻煩之處，像我這種人傾向假設珍妮是笨蛋。

「總之，妳要google他。」我伸手拿出另一片餅乾。這次是蜜糖肉桂口味。通常我不喜歡這個口味，但我今天剛好有興致嚐嚐。

「我們繼續看第二張卡片。」珍妮遞給我和第一張長得很像的卡片，但多了四個紅色斑點。「你看到什麼？」

這次我不用端詳，立刻就看出來。「是那隻章魚。牠四隻腳沾在血泊裡。」

珍妮翹起嘴巴。「血從哪裡來？」

我拒絕回答這個問題。我只是聳聳肩，把餅乾上多餘的肉桂粉拍掉，結果飛到我的襯衫上，我忽然同情起坎蒂．克勞利。我的眼角看見珍妮在筆記本上寫了更多字。也許她在思考是否該施壓，讓我多說一點。如果她這麼做，她什麼也不會得到。

「試試這張。」她遞給我第三張；這一張也有紅色斑點。

「蟑螂。」

「不是章魚？」

「妳不該問我這種引導式的問題。那是測試者的自我投射。」

「我只是確認一下。」珍妮說。

「我看到的是蟑螂。」我停下來咬了一口餅乾，又說：「某些圈子中，稱為地上的章魚。」

珍妮洩氣地放下筆記本，往前傾。她的手撐著下巴，原子筆在臉頰沾上一個藍點。「哪些圈子呢？」

「有些圈子。」其實我不知道答案。「昆蟲學家的圈子，也許。」

珍妮嘆氣。

「聽著，我來幫妳節省時間。」我拿起其他的卡片。「這是滑行的章魚。這是我把章魚從莉莉身上撬下來，接著用電擊棒電牠的頭。這是兩個接吻的叮噹小仙女。」我暫停，把卡片拿近，沒錯，那就是我看到的。這次反而是我在心裡筆記。有點奇怪。剩下的卡片都是彩色的。「這是那隻章魚在海裡襲擊某個倒楣的獵物，這是我想像那隻章魚住的珊瑚礁，這是兩隻海馬扶著艾菲爾鐵塔。」我把卡片丟到桌上。「好像還少一張。」

珍妮不喜歡我這副目中無人的模樣，所以我打開袋子，拿到她面前。「餅乾？」

她盯著我，接著我看到她的表情軟化，伸手從袋子裡拿出巧克力豆口味。「搞什麼。」

「拜託，珍妮。我們都知道，這是偽科學。」

珍妮咬了一口餅乾，然後放在大腿上。「這些很好。」她拿起散亂的卡片，重新排好。「羅夏克測驗常被批評主觀，但對於焦慮仍有一定程度的指標。」她直視我的眼睛。「還有敵意。」

「牠把她弄瞎了。」我脫口而出。我想說的其實是，**我當然焦慮，我當然懷有敵意**，但我一開口，那句話自然說了出來。

「莉莉？誰？」

我的手指在那疊卡片的第一張點了一下。「我得行動，現在就得行動，但我沒有可以指望的選擇，至少醫學上沒有，而且每過一小時，我就更恨我自己這麼沒用，這麼無助，困在章魚作的繭裡頭。」

「你有非醫學的選擇嗎？」

我聳肩。我知道這個問題是我自己招致的，但我不喜歡那些可能的答案。愛？芳香精油？禱告？

「精神分析上，」珍妮繼續：「繭不必然代表受困。那可能是成長、轉變、蛻變的象徵。」

我想起我在崔特家後院看到的雙重倒影。我的手伸進袋子想再拿一片餅乾，但卻空手出來。我把袋子揉成一團，把剩下的餅乾壓碎，整團丟在地板上。

必須稱讚珍妮的是，她不為所動。「不如我們再看一次這些卡片，這次你可以給我真正的答案，而我們可以瞭解一下你的情緒功能和答題傾向。」

她的手伸向桌面，沒有移開目光。我們互相緊盯著對方。

我會給珍妮她想要的答案；我沒有時間浪費在她身上。我已經把這個小時用在別處了。我把我的時間都用在別處，讓憤怒在我的繭裡紮根。

有個比喻也許非常老套，但此刻不容否認：

要打敗我的敵人，就必須成為他。

我看著那袋餅乾，袋子破了，碎屑散落在地毯上。

巨變即將來臨。

四

我跑了四家專賣店才買到夠多的充氣鯊魚。一共買了六隻，雖然和我想像不盡相同。牠們的背鰭兩側各有一個把手，我猜這是為了讓小孩好騎而設計的。此外，嘴巴張開的地方畫成紅色，其實那裡應該畫上尖銳的牙齒，表現牠們嗜血的模樣，但現在看來像塗了口紅（前提是鯊魚有嘴唇）。儘管如此，牠們的大小剛好，相當符合用途。

我回到家的時候莉莉在睡覺，於是我決定在後院把鯊魚充氣。炎夏之中吹氣讓鯊魚膨脹得花不少力氣。吹完一個，第二個吹到一半的時候，我的頭有點暈。我對我的計畫有點猶豫，需要坐下來休息。我看著鯊魚，其中一隻已經準備好，另一隻半邊鬆垮，好像得了某種麻痺症。我想莉莉年輕的時候一定會喜歡這種玩具。她可以破壞牠們，就像她破壞所有的玩具，除了紅球。她還是幼犬的時候，我爸的妻子給她一隻手臂超長的填充猴子。某天我發現手臂少了一條。我上下翻找，但完全找不到。隔天，我和一個朋友帶她出去散步的時候，那隻手臂戲劇化地出現了。

「喔，天哪，你的狗怎麼了？」

我轉身，發現莉莉蹲下的時候，有隻橘色的猴子手掌，然後是手臂，從她身上跑出來，像疝氣檢查一樣。

「喔，這種事情難免。」我說謊，接著拿了一個塑膠袋蹲下，拉出剩下的部分。這是最噁心的手帕魔術。

我在房子底下的小儲藏室找到房東的腳踏車打氣筒，失敗幾次之後，我總算把其他鯊魚都充飽。完成後，我和我兇狠的新朋友圍成一個半圓坐著，好像在仙境裡喝下午茶。「沒位置！沒位置！」其中一隻鯊魚大叫，牠同時扮演帽匠和三月兔。當然，牠錯了。這裡有很多位置，我們坐在空盪的院子裡。

「我們是同一隊的。你們和我。」我告訴鯊魚。「通常我們是敵對的。但今天，我們要去捉章魚。一起。」

「章魚？」其中一隻鯊魚大呼，接著牠們開始交頭接耳，完全聽不清楚。

「各位，各位！其中一隻代表發言就好。」我環顧圓圈，看看牠們會選誰。是坐在我右邊的那隻。

「當然，我們可以吃章魚。」

「沒錯。現在，這件事很重要，所以聽好。」我看著圓圈，看看哪隻鯊魚有耳朵，結果沒有，至少肉眼看不見。「你們誰有耳朵？」

「我們有內淋巴氣孔。」我正對面的鯊魚開口。「那相當於耳朵。」

「哪裡？」

鯊魚做了類似彎腰的動作。「這裡。」其中一隻說。「在我們的頭頂。」這些鯊魚在我面前彎腰，我有種高高在上的感覺。我只能猜測這些氣孔大約在塑膠把手的位置。

「很好，現在聽好。那隻章魚黏在一隻小狗身上。」

「狗？」他們又大呼，又開始交頭接耳。「犬科。」「混種。」「狗。」

「各位！」

我旁邊的鯊魚想起自己被選為發言人。「當然，我們也不介意吃狗。」所有鯊魚紛紛點頭稱道，表示同意。

「**不要吃那隻狗！**」我大聲拍手，拍了好幾下，喚起牠們注意。其中一隻用鰭摀住牠的聽覺氣孔，或叫什麼的氣孔。我等著，直到牠們的注意力又重新回到我身上。「不要吃那隻狗。我要說的就是這個。你們可以吃那隻章魚。但我請你們**不要**吃那隻狗。大家都明白嗎？」

我看著圓圈，每隻鯊魚都點頭同意。

我重複。「**大家都明白嗎？**」

「明白！」

「明白！」

「好！」

「是！」

「章魚！」

「狗！」

「**不要狗！**」

「不要狗！」

「很好！」

我真不知道自己在做什麼。

我躡手躡腳走進屋裡，一次帶兩隻鯊魚進去，放在莉莉的床鋪四周，這樣那隻章魚醒來馬上就會看見。那是非常恐怖的畫面。想像一醒來看見鯊魚咧嘴大笑，鮮紅的嘴巴張開到耳朵，不，不，不是耳朵，淋巴……什麼的……氣孔。不管，這個例子不好，但你能想像那個畫面。我希望那隻章魚直接嚇死。

一切就緒後，我吹口哨喚醒莉莉。她抬起頭，甩動耳朵，停下來後，她看著章魚，不為所動。她看不見牠們。然而，那隻章魚大叫。

「**啊……啊……啊……！**」

他用兩隻手遮住眼睛。

我滿心期待咬著嘴唇。牠會心臟病發嗎？牠會休克而死嗎？牠會眼睛打叉，嘴巴下垂，像卡通那樣嗎？

「開開玩笑，長官。」那隻章魚把雙手放回莉莉頭上。「這些玩具不錯喔！」

「這些不是玩具，牠們是鯊魚。真正的鯊魚！對吧，各位？」

牠們沒有點頭，這下反而全體沉默。事實上，其中一隻倒向一邊。一點都不兇惡。詭計被識破了，真慘。「你怎麼知道？」

那隻章魚搖搖頭。他不敢相信我有多悲哀。「牠們聞起來就像保險套。」

「你怎麼知道保險套是什麼味道？」

「喔。莉莉和我打開你的糖果櫃。我試了幾個。」我低頭看著莉莉，心想她怎麼糊里糊塗成了共犯。她怎麼可以跟這隻章魚同隊。但她眼盲，而且單純，而且善良，而且牠可能指揮她，而她又無力控制。彷彿為了強調這個新的情況，莉莉茫然地盯著遠方。「對了，裡面剩九個，我用了八個，所以……」

「而且你還聞？」我不相信。

「我們的嗅覺器官在手的尾端，多少算是不得不。」

我看著腳下歪斜的鯊魚。「我也能駕馭鯊魚！」我不知道凱特‧布蘭琪是否這樣說過。我對著鯊魚大喊：「幹掉牠！」我指著那隻章魚，但毫無動靜。我一怒之下，抓起鯊魚背上的把手，往章魚丟。我再次大喊：「幹掉牠！」

那隻鯊魚撞到莉莉的鼻子，莉莉誤以為命令朝著她來。她奮力衝刺，繞著圓圈，每轉一圈就撞到充氣鯊魚。她咬住其中一隻的尾鰭，拉著牠轉圈，像摔角選手甩著實力懸殊的對手。其他鯊魚變成安全護欄，她可以往四面八方追捕獵物，獵殺某隻倒楣的鯊魚，而我也不需擔心她的頭撞到火爐。自從那隻章魚把她弄瞎後，她第一次玩得那麼開心，我也可以任由她活動，不用因為擔心她受傷而一直打斷。

終於她的牙齒咬破一隻運氣不好的鯊魚，慢慢開始洩氣。莉莉坐下來等待空氣從尾巴洩出，接著撲向前，趴在背鰭的把手之間，慢慢把她的獵物壓扁，鯊魚恐怖的紅色笑容融化為鬼臉。我忽然想起，對莉莉而言，充氣鯊魚聞起來不像保險套。牠們聞起來像紅球還是新的時候。牠們聞起來像冒險。牠們聞起來像歡樂。

那隻章魚笑了，我依然生氣。但看著莉莉彈跳玩耍，我也忍不住感到喜悅。她的體內仍保有活力。裡頭仍有高貴、歡騰、稚氣和好奇。

我坐下，好好欣賞她的莽撞和傻勁。這也許是我最後一次在她身上看見，我最後一次親眼欣賞。

我們都在轉變。

五

莉莉午睡醒來，打了呵欠，伸長脖子，不知如何從我的腿上下來。我輕輕把她抱到腳邊；她看起來像為某事心煩，我正準備把她帶到基地（「基地！」），恢復她的方向感，她竟開始扭動下體。這個情況以前從沒發生過——幼犬的時候可能有過一兩次，但當時看起來不像性行為，比較像精力旺盛而不由自主。這次，這種一心一意的繁殖舉動看了不太舒服。

「莉莉，不要這樣。」

我！在！戳！你的！腿！

她的前腳緊緊抓著我的腿，每戳一下就往下滑。

「莉莉，住手，妳是女生。」梅莉迪斯聽到這句話會殺了我。為什麼女孩——可惡——「女人」，不能在性行為主動？我得把我妹妹的聲音從我腦中甩開，同時把莉莉從我的腿上拉開。這個角度很難把她拉開，於是我抓住她的胸口用力一拉，莉莉的前腳終於像魔鬼氈一樣放開，我把她抱回腿上。

「那是什麼意思？」

莉莉搖頭，耳朵拍打，她舔舔嘴巴。「『什麼』是什麼意思？」她和我一樣困惑。

那隻章魚張開一隻眼睛說：「真是尷尬。」

「沒人跟你講話。」我盡可能表現我的鄙視，希望牠回去睡覺。

莉莉轉了三圈，「砰」一聲趴在我腿上，然後吐氣。

幼犬嘆氣。

「她再也無法控制自己。這是佛洛伊德的理論。」

「佛洛伊德？」

「佛洛伊德嗎？他是心理學……」

「我知道誰是佛洛伊德！」我這下知道我跟珍妮解釋誰是賀曼．羅夏克的時候聽起來有多討厭。「我們生日同一天。」我不知道為什麼要加那一句，為什麼我要製造更多和那隻章魚的對話，但那是事實，而我就那樣脫口而出。

「金牛座。」那隻章魚聳肩。

我的電話響了。我聽得見但不知道電話在哪裡。「你不如問，『你怎麼知道他是誰？』。」

我看見我的電話從沙發的枕頭底下露出一角。我接起電話，那隻章魚又說：「其實大多數的章魚都是榮格學派。」

我再也忍不住。「**你滿嘴屁話！**」然後對著電話說：「喂？」

「我打來得不是時候嗎？」是我媽媽。

「不會。」
「你在跟誰說話？」
「告訴妳妳也不會相信。」
我聽得出來我媽不太滿意我的回答，而我逃避的態度只會阻礙真正的對話。
「來門口傳教的，耶和華見證人。」這個答案聽起來比較令人滿意，雖然我大概永遠沒有勇氣告訴任何耶和華見證人他們滿嘴屁話。我聽說歌手王子，就是那個宗教的成員，有人看過他在我家附近敲門傳教。我不能冒險對著王子大吼。
「你應該搬到鄉下。他們絕對不會跑那麼遠。」
莉莉滿心期待抬頭看著我，於是我把紅球放在她腳邊。「妳打來做什麼？」我說出口後才發覺自己有多失禮。
媽媽嘆氣。「好一陣子沒你的消息。我想知道你過得好不好。」
「我很好，媽。就是忙。」也不算說謊。
「你知道梅莉迪斯的事嗎？」
「懷孕嗎？」
「很棒對不對？」
「她是個好媽媽。」我說。紅球滾到沙發底下，我蹲下來撿球。莉莉搖著尾巴，面對反方向的牆。

「什麼意思？『梅莉迪斯』是個好媽媽。」我從她的語調聽得出來，她覺得我可能在暗示她不是。

「什麼意思？就是她是一個好媽媽的意思。就這樣。她是一個好媽媽，妳是一個好媽媽，每個人都是一個好媽媽。」

「喔，不是每個人。」電話兩端的空氣凝結，我們都知道她自己的媽媽就不是。我想知道她曾經多少次渴望母親的關愛，同時我也渴望她的關愛。我想像我們兩人在沒有開始也沒有結尾的圓形軌道上追逐。「以前你遛狗的時候會打電話給我，差不多是這個時間。但後來你不打了。」

我看著莉莉聞著地板尋找紅球，即使我就放在她的正前方。「我們現在不常出去了。」

「為什麼？」

那隻章魚看著我，邪惡地笑。「對。為什麼？」牠重複。

我握緊拳頭。往前一步，準備揮拳。「你少管閒事。」

「你說什麼？」我媽媽說。

「不。不是妳。」我向她保證。我想殺了那隻章魚，從來沒像現在這麼想。

「泰德，是不是有其他人在？」

「莉莉瞎了，媽。」

「什麼？」

「她看不見了。」這個回答聽起來很蠢，好像是她弄丟了一樣。

「怎麼會？」

我瞪著那隻章魚。這件事我想要透露多少？「她只是老了。」

那隻章魚抬頭看著我，眼神不以為然。「真不好。」

我怒將茶几上一疊《旅遊生活》、《娛樂週刊》雜誌掃到地上。「她老了，而且我真的不想談這件事。但我們沒那麼常出去了。」

「我覺得你應該要回家。」

「不，媽，我很好。」

「不是因為……」我媽的聲音減弱，我在心裡幫她說完，**莉莉**。「梅莉迪斯全家下個月要來；我們好久沒見到你了。你該考慮回家。」

我告訴她我會考慮，但沒有保證。掛上電話後，我心想多久沒有回家了。以前傑佛瑞和我每年夏天都會去緬因。我們會去海灘，吃龍蝦和炸蛤蜊。我和我媽去划船，他在河岸讀書，然後我們一起坐在我媽家的露台喝粉紅酒。這些現在聽起來都像別人的人生。

但上次我媽來這裡找我是什麼時候？我記得我和傑佛瑞分手不久之後，她來看我。她週末來的，幾乎不請自來，不像她的作風。我不知道我是否刻意把那件事從記憶中抹去，或者只是當時身處愁雲慘霧之中所以忘了。但我媽電話裡最後說的話現在聽來熟悉：「我知道你覺得我不關心你，但我會。」

我看了莉莉一眼，那隻章魚對著我笑。牠還在笑莉莉磨蹭我的腿的事。「榮格學派。你這個王八蛋。」我握緊拳頭。

「我們只是聊聊。」

「我們從來不只是聊聊。你說話，我盤算你的死期。」

那隻章魚咯咯笑了。「盤算得如何？」

「**把我的狗還給我！**」

紅球滾到餐廳，莉莉慢慢跟著，帶著那隻章魚一起去。我想著那隻章魚什麼意思，想著佛洛伊德的理論——自由聯想、移情、原慾，直到我想到伊底帕斯情節。為什麼牠認為莉莉突然過來磨蹭我的腿是對異性的父親產生性慾？而我自己的母親——我追逐的愛——為什麼正好在這個時候來電？巧合？我陷入沙發。一定和莉莉眼盲有關。伊底帕斯刺瞎自己，那隻章魚弄瞎莉莉。但，我是否也對什麼盲目？我看不見的是什麼？

我必須加速我的轉變。

六

排隊在我前面的男人身上的刺青是我見過最酷的。上臂是葛飾北齋風格的日本海浪，我想像海浪延伸到他的肩膀；另一隻手的前臂是一隻美麗的老虎，優雅地從手肘蜷繞到手腕。非常難形容，你得親眼見識才能體會那種不可思議的驚豔。

「方便問你一個問題嗎？」

那個男人面帶微笑回頭。如果我可能相信誰介紹的刺青師傅，就是他了。即使他只是某個排隊在我前面，在超市買了素香腸、芒果、打火機油、精釀啤酒的人。

「我打算烤芒果。」他說。他的笑容轉為尷尬。

「不，不，不……」我結巴。「誰幫你上墨？」我不知道稱刺青為「上墨」聽起來是很酷，還是很蠢。

「你想刺青嗎？你一定要去找卡爾。他的方式很哲學。」

什麼哲學？正常來說一定會接著問，不過，他告訴我卡爾的店名，我只說：「謝了，老兄。」接著我們各自默默結帳。我想像他沒穿衣服的模樣。

我還是不懂「很哲學」到底是什麼意思——從頭到尾都很哲學？藝術風格？疼痛管理？我真的毫無頭緒。不知道為什麼，聽起來很誘人。我甚至不知道為什麼想要刺青，但我確實想要。所以我接受烤芒果先生的推薦，打電話預約，而現在我人在這裡，車停在設計誇張的櫥窗前，不敢下車。

我來刺青店做什麼，連我自己，一個鼓起勇氣請陌生人推薦的人，都不是非常清楚。既然那隻章魚噴出墨汁弄瞎莉莉，我在身上上墨的執念也越來越強烈。我要與莉莉同進退。說是同情、合群，或是想要主導只有我和莉莉的兄弟會，拒絕那隻章魚加入。刺青的念頭從前就醞釀過，但感覺缺乏動機。這次不同。我覺得更像一個士兵出征之前的刺青，渴望透過紋身的儀式，改變身體，與裝備和國家合而為一。感覺這就是我需要的儀式，只是這場戰爭中，我並不是為國家打仗，也沒有裝備，只有一個同袍。我想過在身體刺上莉莉的生日，也許再加上我們相遇的那一天——我戀愛的那一天，但手臂上一連串的數字太容易聯想到另一種戰爭的刺青——戰俘的號碼。也許有一天會轉化成象徵生存的驕傲，但這場戰爭還沒結束，這麼做有點冒險。儘管如此，我坐在這裡等待刺青，等待名叫卡爾，那位很哲學的刺青師傅。想到要和莉莉一起加入兄弟會，我有些暈眩，甚至對於針刺的痛楚感到興奮。

為了烙上象徵真男兒的印記而興奮。

幾次深呼吸後，我鼓起勇氣下車，走進卡爾的店。接待室的牆壁漆上深邃的綠色，宛如狂風暴雨籠罩海洋。旁邊一張老舊的黑色皮革沙發，散發令人陶醉的動物氣味。牆壁掛著紋身的照片，我想這些都是他們的原創作品，沒有任何建議的圖案。我覺得我找對地方，不會變成模型印出來的餅乾，事後不會後悔；雖然是無產階級，至少有點特色。接待人員長得像較年輕，也較不生氣的珍妮娜．葛羅佛，她帶我走進掛著絨布門簾的房間。我和這個奧茲國的魔法師有約。希望我同時跟他要求智慧，又要善心，又要勇氣，他不會嫌我貪心。我希望他比誆騙我的算命師還厲害，這個地方比翡翠宮[15]還要神奇。

卡爾身上紋身的部分也許比沒紋身的更多，而且看見他的刺青，我立刻卸下防備。他的刺青不像印上去的圖案，而是與身體合而為一，散發自然魅力。他長相英俊，年紀稍長，兩邊的太陽穴有些白髮。可能是美國原住民？又像加拿大原住民，因紐特人或愛斯基摩人。他以一個大大擁抱化解我試圖握手的尷尬。

「因紐特語中沒有適合『哈囉』的字。」他說：「所以我們握手或擁抱。」

「擁抱很好。」起碼他向我解釋擁抱的意思，就是好的擁抱。

卡爾請我坐在一張凳子上。今天不忙，所以我們聊了生活，聊了自然，聊了感情——短暫的和不短暫的。我對他身上其中一個刺青非常感興趣，於是他告訴我背後的故事。他看得出來我在推託，但他似乎不以為意。

---

15 譯注：出自童話故事《綠野仙蹤》裡奧茲國翡翠宮，以及主人翁桃樂絲和獅子、機器人、稻草人追尋勇氣、善心和智慧的歷險故事。

「你最喜歡刺青哪一點？」一聽就知道是門外漢問的問題，像是小學三年級學生的作業，雖然我不知道什麼學校會設計訪問刺青師傅的作業。森林小學，或者蒙特梭利。

「刺青的長久。」卡爾說。

「但現在可以用雷射去掉。」

卡爾聳肩。「還是會留下疤痕，像鬼。」這麼長一段時間以來，他比任何人更能看穿我。

「但我們終究會死掉，肉體會腐化。」

卡爾對我微笑，眼神直視著我。令人不安，至少我很不安。

「我猜你要說，人也會變成鬼。」

「你很害怕。第一次都會這樣。」

我不記得提到我是第一次，而且我衣裝完整，所以他不可能知道我沒刺青，但是他知道。「我很害怕，但不是因為針或痛或後悔。」

「那麼，是什麼？」

「因為我要紀念一個還沒走的人。我已經放棄抵抗，在戰場上投降。」我可以聽見珍妮要我說出心裡想的。我說得更深入。「害怕死亡吧，我想。還有，也許是第一次，害怕自己的死亡。」

「死亡是個獨一無二的對手，因為死亡永遠是贏家。」卡爾微微聳肩，彷彿沒什麼大不了。「該停止奮鬥的時候，投降並不羞恥。」

「真是安慰。」我語帶諷刺，但我不確定卡爾的語言裡有沒有諷刺。

「難道不是嗎？」卡爾問。我不覺得他毫無幽默感，但此刻他非常認真。我笑了，不過，是那種你想不到該說什麼，緊張的笑。卡爾打開抽屜，拿出一張拍立得照片，接著遞給我。

「這是什麼？」

「我上一個作品。我不喜歡刺句子，身為一個藝術家，那對我而言沒什麼挑戰性。但我喜歡這個，我們當時做得倒是不錯。」

我看著那張照片。有一行書寫體橫越一個男人的肋骨——「死亡是最偉大的冒險」。

我立刻認出來。「彼得潘。」

「J．M．貝瑞（J. M. Barrie）。」卡爾糾正我。「彼得潘不是真人。」

「不是嗎？我一直以為彼得潘就是死神，帶走小孩的死亡天使。」

卡爾挑起一邊眉毛。「你比我想像得還要陰沉。」

「我以前不是這樣。」我正在轉變。

「死亡是什麼？光合作用終止、化學作用終止、調節作用終止？」卡爾像個詩人。「最後一個心跳？最後一個細胞？最後一口呼吸？」

「也許全部都是。」

他真的很哲學。

「我們不知道，對吧？也許是個臨界點，滅亡為必然的前提下，生命的臨界點。」

「如果是這樣，出生那一刻不就等於死亡？」

「甚至是受精那一刻。」

「你最愛刺青的點恐怕不存在。」我低頭看著我的腳。指出這一點，我甚至覺得尷尬。

「長久？」

「我們越過了那個臨界點，就無法長久。」

「長久是個相對的概念。」

我笑了。「長久，到底是什麼？」

卡爾也笑了。他知道我在找碴。「我們就別太深入兔子洞。」

「很難。」但他說得對，我們可能要談上一天一夜。我看著卡爾。那倒也不是什麼壞事。

「如果你窮盡生命逃避死亡，就沒有多餘的時間擁抱生命。」他把手放在我的肩膀上，我感覺手心的溫熱。「不要害怕。這就是我的意思。」

卡爾是對的。我已經受夠害怕。墨水，像那隻章魚一樣，是我蛻變的最後階段。

「而且，」卡爾說：「我有個更好的點子。」

「是什麼？」

卡爾打開抽屜，拿出素描本和炭筆，放在草稿桌上。「我們來畫畫。」

我像收到全新六十四色蠟筆的小孩那樣笑了——毫不害羞，露出牙齒。我想起以前多麼喜歡畫畫，而我也不知道為什麼我不再畫了。我寫作吧，我猜。我用文字畫畫。但當我看到卡爾的素描本和炭筆，我深受感動，畫畫和寫作不同。

我用我的文字，我的藝術家炭筆，對卡爾描述我在想什麼。他揮動炭筆，偶而停下來用拇指抹上陰影，或用手背輕擦畫紙。

他聽著我說，同時點頭，但沒有中斷。當我說完，他看著圖畫，雙眼睜得老大。他慢慢地把素描本轉過來讓我看。

我的心跳停止，然後又開始。

「好。」我說。

那是一幅完美的畫，細節精緻生動，充滿因紐特美麗的靈魂，我剛才在車裡的時候完全無法想像。我的害怕一掃而空。只覺得皮膚發麻，感覺像是上千根針即將刺在身上。

我活著。

卡爾拿起紋身槍，舉到眼睛高度。他和我一樣興奮。他的雙眼發亮，接著瞇起來，準備工作。「開始吧？」

七

我的手指在撥號鍵上盤旋良久，我不記得撥了那個號碼，而且現在電話響了。對於撥號，我有其他想法。撥號（Dial）。我們為什麼還這麼說？現在誰還用撥號盤的電話？現在是半夜，我累壞了，甚至還有點妄想，我不知道。對於這個字，我更容易聯想到肥皂，而不是電話[16]，或更不吉祥的事，**死光**（Die-all）。然而電話響了，響鈴本身令人感到安慰。應該要有某個電話可以讓你深夜打去，就為了聽到撥出的聲音。沒有人會接起來，但保證那裡有個人會聽你說你想說的話。**響鈴**（Ring）。這下，連這個詞都怪了。這個字怎麼可能同時意味樹樁的一圈和電話撥出的聲音？**撥號**，**響鈴**。**撥號**，**響鈴**。**撥號**，響鈴。我一聽到「喂？」，立刻掛掉。

唉，該死。現在我八成為了立刻掛掉電話的樂趣把他吵醒，所以我覺得有義務再打一次。鈴聲一響他就接了起來。

「嘿。」是崔特。

「嘿。」

長長的沉默。

「幾點了？」他剛才在睡覺。他試著搞清楚狀況。我想著應該如何表達我想說的話。

「我瘋了嗎？」

「唔？等等。」

我可以聽見他下床，應該是為了避免吵醒麥特。我躺在棉被上，莉莉的鼻子在我的腋下磨蹭。她的體溫就像太陽，但只要她舒服，我不會移動。我的汗水把兩人接合在一起。黏在一起這個想法，她和我綁在一起的想法，我覺得很好。崔特走到別的房間，我可以聽見臥室的門在他背後關上。

「好了。」

「我想知道我是不是瘋了。瘋了的意思不是傻或怪。我想知道，你覺不覺得我真的精神異常。」

長長的沉默。

「我不覺得。你這麼認為嗎？」

這一次是我沉默。

「有時候。」

---

16 譯注：Dial亦是美國肥皂知名品牌。

「喔，我不覺得。」

「真的有一隻章魚，你知道的。」

沉默。「我知道。」

「牠要帶走她。」

崔特嘆氣，或是打呵欠。「這我也知道。」

我們安靜坐了幾分鐘。崔特是唯一一個，在電話裡不說話也不會讓我有壓力的人。但我忽然覺得把他從床上挖起來跟我說話真是糟糕。他有床，他有男友，他有健康的狗。我在我的床上，有一隻章魚在我的狗的頭上，我感到非常孤單。

我想起莉莉剛來我家一年還是一年半的時候。當時是十一月，那一年預測獅子座流星雨會非常壯觀，據說二〇九八還是二一三一年之前，都不會有這麼壯觀的流星雨。到那個時候，我和莉莉絕對已經化為星辰了。所以我半夜醒來，拿了枕頭和毛毯，鋪在後院的草皮上。我摟著她，躺在那裡看著星火如雨劃過天空，雖然她永遠不懂我們為什麼要為了微弱的火光離開溫暖的被窩，躺在又冷又硬的草地上。我不認為她懂得流星的魔力。

崔特又開口，畢竟我說不出話。「我不知道如果失去維姬會怎麼樣。那根本……無法想像。」

但你一定會失去維姬，我差一點說出口。我已經不住在如果的世界了。

我想起卡爾和臨界點，那個死亡無法避免的點。他是對的嗎？那個臨界點其實就是生命，生命本身的開始？我們會失去所有重要的事，或者所有重要的事會失去我們。那是注定的，是生命的本質。但我沒告訴崔特。我不覺得把我的朋友從床上挖起來又害他憂鬱有什麼好處。

「對於莉莉，我以前也這樣想過。」

「現在呢？」

「失去不再只是一個想法。」

「你去找那個人了嗎？」

「卡爾，他的名字是卡爾。」

「你喜歡他嗎？」

「喜歡。」

「他帥嗎？」

「非常。」

「然後？」

「你會看到的。我會讓你看。」

莉莉的頭鑽進我腋下，她這麼做是在利用我搔鼻子的癢。鑽的同時，也把那隻章魚往我眼前靠近。雖然只是隱隱約約，但我畏縮了一下。我恨自己看到牠出現時仍然會畏縮。

「我無法想像失去維姬。」

「現在不要去想那件事。」到時候我會陪著他。

「你打電話來是想知道我是否覺得你瘋了？」

「對。」那件事，還有，逃離疲憊不堪的孤單。

「我覺得你應該做件轟轟烈烈的事。我覺得你要抓住生命，改變現況，翻轉整個世界。不要再玩什麼章魚的遊戲。」他心中的費利說話了。這些年來費利一直保持沉默；我喜歡他浮出水面。「想知道我的看法嗎？我覺得你還不夠瘋狂。」

掛掉電話之後，我盯著電話半晌，用一種奇怪的方式，你不再把科技視為理所當然，於是忽然發現你簡直無法想像怎麼會有個聲音就在那兒，跟你說話，即使那個聲音不能完全瞭解你和你的世界。我感覺比打電話之前更孤單。雖然我並不孤單。不再孤單。我可以看見憤怒在我內心成形，肆無忌憚地生長，彷彿我拿著列印出來的超音波掃描。憤怒即將以無法想像的方式爆發。

我輕輕抱起熟睡的莉莉，從櫥櫃抓了件毛毯，走到外面。我盡可能單手把毛毯鋪好。今晚沒有流星雨可看，所以我打開裝飾庭院的老舊燈泡，通常是烤肉或派對我才會打開，讓我的庭院變得像廣告目錄的扉頁，愛慕虛榮的人在裡頭過著自在的生活。我們躺在毛毯上看著燈泡。

「我們在做什麼？」莉莉打呵欠，又靠過來撒嬌。夜晚的空氣溫暖寂靜。

「我們在製造回憶。」

「為什麼？」

我不告訴她為什麼。答案是我需要回憶。我需要抓著這個回憶，如果我的計畫失敗，而她永遠不在。

「因為有時候回憶很美。妳沒有最喜歡的回憶嗎？」

莉莉想了想。「我所有的回憶都是我最喜歡的回憶。」

我很訝異。「就連壞的也是？」

「狗不會記得壞的回憶。」真羨慕。我抓抓她胸口最柔軟的部分。多麼不可思議的生命。

「妳還小的時候我們也做過。我們起床，拿著毛毯到外面，躺在草地上看星星。」

「那是星星嗎？」莉莉看著閃爍的燈泡，雖然她看不見，我在想她是否可以感受微弱的光，所以還能想像。

「是。」我說謊。「那些是星星。它們的光已經旅行好幾十億年。它們很厲害吧？」

莉莉同意，因為她很嬌小，她是一隻狗，而且對她而言，即使是小事，即使是她看不見的東西，似乎都很厲害。

「我們可以進去。」

莉莉想了想。「不，這裡很好。」

「我很高興妳喜歡星星。我們就在它們底下多待一會兒吧。」我沉默，接著告訴她我的計畫，或者說，執行計畫的時間到了。正如崔特所言。「我們很快就要離開了，而且我不知道我們會不會回來。」

「我們要離開這裡？我們要去哪裡？」

我緊緊抱著她，就像每次我要她相信我的時候那樣，要她跟著我，離開她記憶中唯一的家。

也許你還不夠瘋狂。

「我們要去偉大的冒險。」

死亡。死亡是最偉大的冒險，但不是這次，不是這個冒險。最偉大的冒險，我們的冒險，是為活著而奮戰。

我把手放在刺青上面的透明繃帶。應該只能貼幾個小時，但我想多貼幾個小時也無妨。我偷瞄一眼，看見八隻無力的腳垂掛。

我受夠等待。我受夠這個無脊椎的入侵者跋扈的態度。我受夠他主導的戰爭。崔特是對的。我還不夠瘋狂。

從來，不夠。

那些都該停止了。我可以感受體內的改變——我的神經，我的器官，我的血脈。

我的轉變幾乎完成。

八

我不費吹灰之力，憑著印象就能輕鬆遊走中國城，雖然自從漢宮大酒樓結束營業後我就沒來過了。我以前常去那間酒樓吃點心、看名人。我打量街上的商家，試著分辨雜貨店和魚鋪。我沿著小巷前進，速度雖慢但沒人按喇叭。百老匯大道和北春街有幾家夫妻共同經營的小店，但遮雨篷寫著中文，很難看出那裡賣什麼（除了一家可能賣酒），所以我站在北春街的一角，繼續進行我的調查任務。

洛杉磯的中國城不像紐約和舊金山，一點也不雜亂（中國人也是）。平常日下午可以輕易進出店鋪，採購珍奇物品。我走進第一家魚鋪，裡頭最珍奇的不外乎緬因的龍蝦和英國鄧傑內斯的螃蟹。我原本想問他們後面有沒有什麼隱藏的貨品，但我怕他們可能會賣一些非法捕撈的海產，像是瀕臨絕種的海膽或有毒的河豚。我並不想要買那些，我沒有「那麼」瘋狂。

第二家魚鋪在百老匯大道上，比較符合我的需求。感覺不那麼觀光，比較道地。我沒有馬上在鋪著碎冰的檯面上看見我想要的東西，於是直接詢問老闆。他有張善良而乾瘦的臉。

「我要買章魚。」

善良乾瘦的臉疑惑地看著我。我試著解釋，以免他意外賣我中國的妖精或魔怪，像電影「小精靈」——最後不但沒貢獻，還惹出麻煩的東西。但我不知道章魚的中文，於是我伸出八隻手指，手心向下，擺動手指。

「啊……『章魚』。」

他帶我到檯面的尾端，我看見五、六隻章魚一動也不動躺在冰上。牠們死掉的樣子一點也不兇惡。

「嗯……」我故意挑選了一下，假裝尋找非常特別的東西。「還有其他的嗎？比方說，更大的？」我張開雙手，以示強調。

老闆豎起食指，要我等等，接著走進冷藏室。冷藏室的冷氣全天候運轉，屋裡充滿機器嗡嗡的聲音。窗戶貼上黃色的玻璃紙，裡頭的東西都蒙上死氣沉沉的顏色。門口有幾隻蒼蠅飛舞，卻不會靠近魚。我在想牠們是不是不喜歡冰。一位中國婦女看著蠔油。我們四目相接，我對她微笑。她有些不知所措。

老闆抓著一隻更大的章魚回來，正合我意。我點點頭，他微笑，幫我用蠟紙包起來。他遞給我的時候，我說：「我還需要一樣東西。」

老闆殷切地看著我。我抬起下巴示意他身後的東西。他指向蝦子。我搖頭。

「那個。」

他不懂，直到看見我手指的方向：我要買他的方頭刀。這下換他搖頭。不至於生氣，但差不多了。當時是完全否決，就像「小精靈」，我可以聽見他說：「你對待魔怪，就像你們社會對待所有大自然的禮物。」（但我聽見的不是「魔怪」，而是「章魚」。我懷疑章魚是個禮物，如果真是，也是我恨不得退還的禮物。

我又指了一次，非常堅持，並且從錢包抽出一疊二十元美金。他看著錢，猶豫了一下，把刀拔出來。

我辦完事情回家後，莉莉坐在她的床上，盯著火爐的方向。她沒聽見我回來，但那隻章魚有。我走進廚房，攙在手臂下的紙袋沙沙作響。我把鑰匙放桌上，發出清脆的聲音，接著把紙袋放在水槽旁的砧板上，端起砧板，連同紙袋，一起拿到章魚看得見的地方。我用眼角瞄了莉莉一眼，確定章魚在看。

牠在看。

我摸索綑綁紙袋的繩子。雖然我平常對繩結本來就沒輒，但這番摸索其實是為了戲劇效果，如此我才可以拿出我買的方頭刀，狠狠地往包裝平坦的地方剁下去。我可以感覺刀砍進砧板。雖然我並不想犧牲我的好砧板，但少了這一環，整體效果就會不同，所以我不得不讓步。

反正我們很快就要離開這裡了。

「袋子裡面是什麼？」說話的是那隻章魚。成功！我引起牠的興趣。

「喔，你等等就知道。」

我小心打開層層包裝，發出紙張皺摺的聲音。我還沒完全打開就飄出一股氣味。氣味隨即飄向莉莉，她從恍惚中清醒，鼻子循著氣味走到我身邊，撞到我的小腿後停住。她稱職地扮演她的角色——一台加長的禮車，載來派對的貴客。

「說真的。」那隻章魚說：「袋子裡面是什麼？」

「你想知道？」我學惡魔那樣磨起牙齒。「**這個**。」

我打開最後一層包裝紙，抓住死掉的章魚頭，高舉起來。湯汁從章魚鬆弛的手腳滴到地上。

「哇啊！」那隻章魚大叫，用一隻手遮住眼睛。「這是我想的那個東西嗎？」

「是的。」

「太野蠻了！」那隻章魚完全不懂諷刺是何物。

「是的。」我又說了一次。

「喔，天哪，那個味道。那個到底是誰？」

我不知道牠的名字，如果牠有名字，我根本也沒想過要問魚鋪老闆。我看著那隻死掉的章魚，歪斜又鐵灰。只有一種變淡的紫色，像枯萎的紫羅蘭。那個東西只剩顏色，代表曾經是一條生命。

「艾莉絲。」我回答。我低頭看莉莉，她正飛快舔著地板上的章魚湯汁。我取名總是喜歡選花的名字[17]。

「喔，天哪，我有個阿姨叫做艾莉絲。」

我聽到這句話，壞心地哈哈大笑，就像莎士比亞戲裡的女巫。「恐怕再也沒有囉。」

當漫天烽火平息。當戰爭分出勝負[18]

我把紙袋推向一邊，掌摑死章魚的頭。章魚倒向砧板，發出「啪滋」的聲音。我甩動方頭刀，用力剁下一隻腳，切下不長不短正好三吋。

那隻章魚尖叫。

美即是醜，醜即是美：穿越雲霧和濁穢。

我把那塊肉丟給莉莉，肉和汁液一同摔落在地。莉莉一找到，立刻一口吞進肚裡。

「住手！住手！住手！你瘋了嗎？」

我想想我最近的口頭禪。「還不夠瘋！」我舉起卡在砧板上的方頭刀，再次剁下去，又切下另一隻腳。

「啊……！」那隻章魚驚恐地大喊。我又丟了幾塊給莉莉，莉莉似乎和我一樣樂在其中。

---

17 譯注：莉莉Lily是百合花的意思。艾莉絲Iris則是鳶尾花。

18 譯注：出自莎士比亞著作《馬克白》。

「抱歉，這麼做打擾到你了嗎？」我問那隻章魚，假裝關心。

「當然打擾到我！喔，天！在她頭上我還真能吃到那個味道。」那隻章魚臉色發青。

「我覺得我要吐了。」

我聳肩。「還好只是你阿姨。」

方頭刀，「碰！」丟一塊給莉莉。

「你什麼意思？」

我抓起方頭刀，蹲下看著那隻章魚的眼睛。莉莉配合我，不斷舔著章魚肉掉落的地板。她低著頭，那隻章魚和我面對面，四目相接，正面交戰。我把方頭刀舉到牠的面前。

「不要耍花樣，章魚。你今晚就走。你今晚走，或者我租一艘船，而且我對天發誓，我會帶著他媽的拖網出海，直到把你愛的每一隻都抓起來。」那隻章魚抬頭看我，好像我不敢似的。「然後我會回來這裡，把牠們剁成一塊一塊，餵我的狗，你就可以嚐到牠們腐爛的肉。」

為了展現我的決心，我站起來，抓緊方頭刀。

碰！

「你媽媽！」我丟一塊章魚肉給莉莉，還沒落地她就接住了。

碰！

又一塊。「你爸爸！」這一塊「啪」一聲掉到地上，莉莉馬上吃掉。

碰！

「你哥哥！」

「我沒有哥哥。」

我低嗚。

碰！

「你妹妹！」

「住手！」

「你有老婆嗎？我時間多的是。怎樣？莉莉，妳喜歡這個遊戲嗎？」

喜歡！好吃！開心！還要！更多！肉！給！莉莉！拜託！

「好，好，好，我聽到了。」

「你會走吧？」我對著牠邪惡地揮舞方頭刀。

「你說我今晚走。」那隻章魚直到最後還是狡詐。

我那麼說嗎？我不記得我說了什麼。我得查查失去理智的憤怒——殺人的憤怒——是不是悲傷的自然反應。這個階段的我想讓我的敵人受苦是正常的嗎？或者我已經無可挽回地過頭了？

我眼神緊盯著章魚，同時拉著襯衫的袖子。

「幹嘛？」牠問。

我捲起襯衫，慢慢露出我的刺青。八隻章魚腳垂掛在我的二頭肌，我可以感覺那隻章魚的眼睛瞪大。我把袖子拉得更高，從底下露出卡爾的傑作，製造戲劇效果。終於，我把袖子拉到肩膀，露出整個刺青：一隻臘腸犬以勝利的姿態踩在一隻章魚的頭上。

「再見，你這個王八蛋。」

我彎下身，確定那隻章魚看得清清楚楚，接著把方頭刀甩到砧板上，力道之大，砧板一分為二。

「**我現在就是那隻章魚。**」

Part 6

遠洋

狼的法則（續）

當狼群相遇叢林之中，
雙方皆不願從小徑上撤退，
應伏地靜待領袖開口；
開誠布公勸退他方。
當汝與族群中的某匹狼打鬥，
應單獨隱匿，
以免其他狼隻參戰，
狼群衰敗於大戰之中。

——魯雅德．吉卜林

魚廂情願

我已經準備並打包好幾天了，正一絲不苟地確定五、六頁的物品和事項。我拉上最後一個袋子的拉鍊，莉莉還在睡覺。袋子在臥室門旁疊成小山，等著上車，然後送到等待我們的船。相形之下莉莉顯得矮小，就連我也是。補給品的數量驚人，無法預期我們會去多久，這趟旅程有多危險。崔特（雖然他建議我別再玩章魚的遊戲）警告過我，我是在逃避必然的命運，我瞭解他擔心我們。這是危險的行為。另一方面，我卻覺得自從這場苦難開始以來，我第一次有了主導權。

我靜靜欣賞我可愛的小鵝安然躺在羽毛被上。這幅畫面幾乎讓我想爬回床上和她一起偎在被窩裡。那隻章魚離開兩天了。沒有歡送，沒說再見，牠在夜裡遁逃。消失了，就像那天我餵莉莉毛骨悚然的大餐，他當時的承諾。少了這位不速之客，感覺就像置身颱風眼。風平浪靜。易碎的平靜之中有一種絕美，儘管頃刻過後，風雨又會來襲。

熟睡的莉莉，長滿鬍鬚的臉頰隨著緩慢的呼吸鼓起。我想起她還是幼犬的時候。每天夢想著獾和海灘，夢想著溫暖的大腿、摔角、陽光和打獵。我不知道那隻章魚是否被我嚇得從此永遠撤退，也不知道牠會去哪裡。好像幾乎不重要了。

幾乎。

莉莉和我都不能光是閒坐，希望牠不要回來。說不定這回還會帶著援軍。我們眼前只有一個選擇。我把手放在莉莉胸口，她驚醒。「噓……噓……噓……」我說。

她抬頭看著我，打個呵欠。她的下巴發出門軸的嘎吱聲，腿往後踢，在空中伸展。過了好一會兒她才發現疊在角落像雕像一樣高的粗呢袋。章魚走了，她又可以看見。

「怎麼回事？」莉莉問。我又想起她小時候，每次我要旅行，拉出衣櫃的行李箱打包行李，她總是要爬進去。這麼一堆袋子，她一定很困惑，應該跳進哪一個呢？

「這是我們的補給品。」

「這是我們『什麼』的補給品？」她慢慢從床上坐起來，甩掉睡意，耳朵瘋狂拍打，像翅膀一樣。

「我們的冒險。」我抓抓她頭頂，之前那隻章魚棲息的地方。我的力道很輕，我怕她痛。能再度感受那裡柔軟的毛髮真好。「記得嗎？我跟妳說過，我們要去偉大的冒險。」

莉莉轉頭舔舔身體，接著問：「對，但『哪裡』的偉大冒險？」

我看著她的眼睛。我想要保護她，至少，起碼，不要嚇著她。但如果她要擔任這趟旅程的副手，含糊其詞沒有好處。「我們要去獵殺章魚。」

莉莉咬著最後一個粗呢袋，拉到門前台階下的柵欄。天色仍黑。我小心地把袋子搬上車。裡面有我的衣服，抵擋多變的天氣（包括我在東岸的聖誕節穿的毛衣，因為穿上那件看起來像個漁夫）；莉莉的毛毯以及救生衣，像維姬穿的那種——莉莉的尺寸；罐頭和乾狗糧；牛皮骨；幾本關於航海的書，例如海明威、梅爾維爾，還有幾本派屈克．奧布萊恩；漁網和魚叉；一個羅盤；好幾罐飲用水；一副撲克牌；莉莉的紅球；三瓶格蘭利威，都是十八年；還有一把口琴——我並不會吹。車子滿了。我們對我們的家說再見。其實很難過；我計劃整件事情的時候沒料到這一點。我們沒人有把握是否還能再看見這個家。

我們開了將近五十公里到達長灘。雖然是一大早，路上卻見到很多車，還好不至於耽誤。車程幾乎無聲，除了莉莉舔自己的聲音。我心想，這個苦難的過程中，我是不是忘記給她除蚤藥。現在我也無可奈何。往好處想，海上應該沒什麼跳蚤。我們抵達碼頭的時候，太陽才剛露出地平線，我停進唯一一個停車格。前方正好立著車輛不准過夜停放的標示，所以我能想像如果我們回得來，會有一疊罰單迎接我們。

經過兩天電話裡頭艱難的談判，我租到一艘拖網漁船，名叫「魚廂情願」。晨霧散去後，她就出現在船尾。我第一次親眼看見她。那艘船並不華麗，而且需要重新油漆，但她很堅固，些微的破損反而有種浪漫的美感，而且有航行日誌。「魚廂情願」的船頭有一個甲板室，兩個桅杆——主要和次要，工作甲板在船尾，兩邊各有舷外支架高過舷緣。我們的租約沒有規定結束日期。

「你是泰德嗎？」她的主人看起來粗魯蒼老；他穿著一件我也有的毛衣，但他的滿是破洞。他抽的不是煙斗，而是電子香菸（我猜是蒸氣）。這件事令我大為詫異，而且覺得整件事情可惡又虛假。我不知道為何他可憐的肺會成為順利出航的必要因素，但在我腦中就是。

「我是。這就是她？」我的手指輕敲甲板室的天花板。

「是的。」他幫我把我們的補給品裝進甲板底下，莉莉坐在碼頭上看著。每提起一袋，腳底的船塢搖動，她就站起來換腳。我讓她坐著，享受安靜的時光，習慣周遭環境。她需要四隻腳在船上保持平衡，我只需要兩隻。

「並不需要帶燈。」那個男人說，他的聲音沙啞，充滿酒味。

「不，先生，我們希望有所準備。」

「你們為了什麼準備？」

我思考這個問題，我從沒出海捕過章魚，既然不可能預知所有的危險，我小心地回答。

「為一切做準備。」

「你只有一個人，小隻的不需要太多。」他轉向莉莉。

「我們可能會出去一段時間。」事實。

「你們要去哪裡？我能相信你們嗎？」

我丟下一個沉重的粗呢袋，揚起一片灰塵。我們都咳了起來。那個男人深深吸一口電子香菸。灰塵還沒散去，他那一口菸可能混著灰塵。我回答：「去章魚住的地方。」

那個男人一臉驚訝，差點掉了手中的粗呢袋，但他在落地之前接住，把袋子放好。我可以聽見酒瓶輕敲的聲音，那一定是裝著威士忌的袋子。他的表情轉為憂慮。他站著扭動身體，脊椎發出聲響。他的舊毛衣鬆垮地掛在身上。「水深既不至底，也不在表面，看不見海岸。」

「遠洋區。」我做了點功課。「那裡決定我們的命運。」

男人點頭。「希臘人稱為遠海。」

我才不在乎希臘人，但我還是微笑。我只關心一件事。「這艘船辦得到吧？」

男人又抽了一口藍色的電子香菸，上下打量我。他對著我們狹小的呼吸空間吐出蒸氣。

「我擔心的不是船。」

我的目光穿過那個男人，正好看到莉莉出現在連接甲板的台階上。她安靜地坐下聆聽。

我心想她該不會無意間聽到那個男人的擔憂。

「你不用擔心我們。」我說：「我們是冒險家。她和我。這不是第一次。我們看起來也許不像，但我們非常強壯。而且我們身負重任。遠洋嚇唬不了我們。至少不用束手無策坐在家裡，或者更糟的情況，看著那隻章魚回來。我們現在有點像協議休戰，但我知道牠不會遵守承諾，既然如此我又何必遵守？」

「海上多的是你看不見的東西，不在乎你有多強壯的東西。」這是威脅。

「這正是我們追求的。」而且，喔，我也不在乎那隻章魚有多強壯。

船在碼頭輕輕晃動，海鷗在不遠的地方爭食。

「隨你高興。」那個男人說。他看得出來我們不打算改變心意。

「我會讓她安全回來。」我的手指關節敲著船身。堅固的船身也回以結實的聲響。

那個男人又吸了一口電子香菸。「無論如何，我有你的押金。」菸槍的笑聲充滿痰和雜音。他轉身走向甲板，接著停下腳步。「要搔幾下章魚才會笑？」

他是認真的嗎？我的經驗裡，章魚是邪惡的生物，無法開懷大笑。我不知道該說什麼，只好說：「這很重要嗎？」

「十下。」那個男人狂笑，笑到差點嗆到。他向前，腰彎了一半，趴在鐵欄杆上。我緊張起來，擔心自己需要施做ＣＰＲ——我並不想把嘴巴靠近那隻老山羊。他慢慢平靜下來，對我們揮手。「那是個老笑話。」

走上台階時他輕拍莉莉的頭，又對她說一次：「是老笑話喔。」

莉莉的眼神從頭到尾盯著他。

那個男人離開後，我盡全力化解她的擔憂。「不用擔心。」我告訴她：「我打包了紅球。」

她看著我的眼神彷彿在說，最好是。

老女人與海

無論從甲板室裡哪個方向看出去，都只看得見海。有藍色、灰色、綠色，還有這些顏色的各種組合，而且很難分辨海平面。我看不出來什麼是海，什麼又是多雲的天空。我們的旅行進入第十七天，我想知道我們是否還活著。遠洋十分頑強。

莉莉和我一開始士氣高昂，對前方的冒險興致勃勃。但大約到了第八天，我們就屈服於單調乏味、窮極無聊的海上生活。甲板室把我們團團包圍，白天的時候就像烤箱一樣悶熱，空氣是汗水和肉煮熟的味道。（我忘了打包防曬乳，所以我們曬傷好幾天，直到曬黑。）船的每個角落彷彿都蒙上污垢和鹽巴。我們輪流幹活——刷洗甲板、收拾碗盤、掌舵、密切注意章魚。多數的食物都是我準備的，主要的原因是莉莉無法控制自己不吃掉手中的食物，就連沒煮過的也是。晚上我們輪流看守，輪班睡覺，如此便總是有兩隻眼睛看著海。最近三個晚上，精疲力盡之前，我們在床上互相依偎。她躲在我的膝蓋後面，像我們在家睡覺那樣，對我們兩人都是莫大的慰藉。我持續記錄航行日誌，寫下每天的細節和流逝的時間。至少旅程一開始是那麼做的。最近一次的紀錄很簡單：白天。方向西微南。距離六十五海里。微風。

第六天。我們看見閃電，風雨欲來，巨浪逼近。我們在船艙底下捱過最惡劣的天氣，玩著「瘋狂八八」（Crazy Eights），但這個遊戲老是讓我想起那隻章魚，所以我很快就厭煩了。我讓莉莉贏兩手，第二次洗牌的時候，我提議玩「遊戲戰爭」（War）。

第九天。我開始雕刻海上撿來的浮木。我在某本航海的書裡讀到，捕鯨人會雕刻海象牙和骨頭（或是椰子殼、烏龜殼），稱為貝雕藝術。我的刀沒刻過海象牙或骨頭，我也不知道我雕刻的東西算不算藝術，但我成功把一塊浮木刻得像隻臘腸犬。我告訴莉莉這是她的媽媽維琪—噗，她會照顧我們，保佑我們平安。

「我媽媽的名字是維琪—噗？」她問。

「對。」我回答。「妳知道的。」

出海不到兩個禮拜，我已經認不出自己。我渴望洗澡。我的鬍子粗糙凌亂，摻著空氣中白色的鹽巴。我的皮膚曬傷，脫皮後像張皮革。我從甲板室的玻璃瞥見自己的倒影，竟以為是別人。如果莉莉不在這裡見證我緩慢的蛻變，我不覺得她會認得我。

「你的皮是紅棕色。」莉莉告訴我。「和我的一樣。」現在我們兩人臉頰底下都有白鬍子。

第十五天。我吞下恐懼，從船頭跳進海裡。起初海水的力道令人震驚，接著轉為一波波的活力。我想像底下的怪獸，想像那隻章魚伸長手臂抓住我的腳，把我拉進深海之中；想像我的頭因海底的壓力爆炸；想像溺死。但那樣的念頭非常短暫。我感覺朝氣蓬勃，不可能死掉。鼓勵莉莉非常不容易，但日落時，我終於說服她跳進海裡游泳。我雙手緊緊抱住她，靠近我的身體，雙腿則是奮力踢水，保持兩人漂浮。她的腳也拚命踩水，但泰半出於恐慌。

「我抓著妳，猴子。我不會放開的。」

我們兩人浮在海上，看著橘色的天空，隱形的火山噴發融岩，雲朵染上顏色。我的頭往後仰，耳朵浸在海裡，這麼多天以來，第一次感到全然的安靜。我盯著「魚廂情願」，以免我們漂得太遠。海水洗滌我們全身的憂慮，感覺像某種受洗儀式。一旦我們沉入海裡，便受到大海保護。現在我們純真如新。

今天是第十七天。我們不再把鮪魚夾在麵包或盛在盤裡，而是直接拿著罐頭就吃。這樣比較方便，也省得清洗。我看了莉莉一眼，她已經吃完她的罐頭。她凝視前方。她的脖子和下巴的灰髮，還有眉目之間，迎著陽光閃耀。她不再年輕；她不再是我的女孩。

「我覺得你帶了鮪魚罐頭出海冒險很有趣。」我聽不出她的意思。

我看著船上的釣具和拖網。「好笑所以有趣，還是詭異所以有趣？」

她沒回答。我把我的份吃完，撿起空罐子。我們總會吃完罐頭鮪魚，否則必須從海裡釣魚吃。但我沒告訴她這件事。沒有必要增加她的害怕。

「找到那隻章魚的時候，我們怎麼知道？」她仔細看著船身四周不斷變化的水花，又問了一次。

我只有之前她問我的答案。我抓抓她的下巴和項圈底下。「到時候就會知道。」過去兩週半，除了無聊，除了單調，我幾乎不想別的事情，只想著那隻章魚。牠不會眼睜睜看著我們進入牠的海域，卻忍住不表明身分。牠會把我們入侵牠的地盤視為人身攻擊，就像我痛恨牠入侵我們一樣。

夜裡我無法入眠的時候，就想著這場海上的硬仗。我想像這頭野獸強壯的手腳包圍我們的船，想用牠的尖喙刺破船身，而我和莉莉奮力拿著魚叉反擊，以謀略致勝。沒有什麼對付牠的方法是我還沒想過的。手術、放射線、藥物。這場戰役，二對一，但我仍然沒有把握我們實力相當。牠佔了地主優勢。

「我又忘了，我們為什麼要捉牠？」莉莉問。

我檢查船上的羅盤，調整航行方向，往西南五度。「這樣我們才能一直在一起。」

莉莉站起來，轉了三圈，接著又坐下。她做這個動作代表她無聊。

「妳想唱歌嗎？」我問。

「不太想。」她回答。

「我可以試試吹口琴。」

莉莉驚訝得彈起來，但還是保持禮貌。「不了，謝謝。」

「我們會找到牠的。」我向她保證。「只是海洋很大。」

「洛杉磯也是。」對臘腸犬來說，兩者應該相當。

「沒那麼大。」

我研究我們的航行紀錄，如果我的理解沒錯，我們在一條特別深的海溝上方。直覺告訴我，那隻章魚就在附近。

莉莉看著船身之外說：「真不懂牠怎麼會離開這裡，跑來跟我們住。」

我從沒想過那隻章魚的動機；究竟為什麼其實無關緊要。但莉莉是對的。真是不懂。

「我希望那隻章魚在我們的魚叉刺穿牠軟趴趴的頭之前，也想想我們為什麼跑來。」

莉莉聽了大吃一驚，我第一次懷疑她對那隻寄生蟲產生同情。斯德哥爾摩症候群、人質情結，管他們怎麼稱呼，我希望她不要。我不希望這種事成真。我不希望她在殺戮的當下有絲毫猶豫。

夕陽西下。我們養成了習慣，看著太陽沉入海平面，而今晚也無異。我們坐在船頭，我盤腿，她窩在兩腿之間的凹洞。太陽完全沉入的那一刻，我說：「下去、下去、下去……不見了。」然後通常我們會許願。這是一整天當中我最喜歡的時光。

「回家之後妳最想做的事情是什麼？」

莉莉想了想。「我不確定我有沒有想過這個問題。」

她知道什麼我不知道的事嗎？或者這純然是她犬科動物活在當下的本能？部分的我不想知道。「嗯，我不知道妳想做什麼，但我想洗個熱水澡，在我們的床上睡個好覺。然後吃片披薩屋的烤紅椒黑橄欖披薩，再來杯冰涼的啤酒。」

這個想法，回家的想法，引起莉莉的興趣。即使她沒有把握會回家，即使我們只是在聊天。「我想要在零食上面塗滿花生醬，我想要聞遍後院，想要在你的大腿上睡覺，你大腿不動的時候。」搖擺的船漸漸擊潰我們兩人。

「好棒！」我興高采烈地說。一陣陰風吹過甲板，捲起一陣不安，甚至怪誕的呼聲。

「而且我還想要吃一大碗雞肉米飯，雖然我沒有生病。」

「暈船，也算。」我說。

「想到海就暈。」她回答。

我點頭。她說的是每次她胃不舒服，我為她煮的雞肉米飯。我不知道我為什麼不多煮幾次，既然她明明這麼喜歡。在這裡我不能為她煮。我們沒有雞肉。

忽然間，星星出現了，明亮閃耀，發射無限光芒。

「我可以跟妳講別的事嗎？」

「永遠可以。」她說。

我立刻說：「沒事。」

「到底是什麼？」

我根本不該開頭。我心想，我原本要說的事情，聽在莉莉耳裡會有什麼感覺，裡面沒有她的未來，至少不再是只有我們兩人的未來。眼見蠢話說了一半，又想不到合理的謊話來遮掩，於是我坦白吐露心聲。「我想要再愛一次。」

我們都安靜了，只剩下「魚廂情願」嗡嗡的引擎聲。我們離海岸很遠，連海鷗的蹤影都不見。我知道莉莉會嫉妒——我戀愛這個想法。她不喜歡和別人分享我的感情。我從沒明白告訴她，狗的壽命不像人類那麼長。我心想，章魚出現後，她知道多少。我心想，過去幾個星期，她是否和我一樣，想過死亡。

「你會的。」她說。接著，幾乎立刻接著，「我保證。」

一顆流星劃過天空，我指著並且大叫：「看！」但莉莉來不及轉頭去看。

耀眼的疤痕、明亮的疤痕
今晚我見到的第一道疤痕

滿月的光芒穿過樓梯頂端的開口，月光底下，船艙像一具泛青的棺材。也許「棺材」這個字太嚴重。也許將我心情染色的是威士忌，不是月亮。儘管如此，我又倒了一杯。我該酌量飲用，但此刻，我渴望這種安慰。

我幫莉莉脫掉衣服準備入睡，意思就是脫下自從我感覺那隻章魚在附近，就堅持她一直穿上的救生衣。解開救生衣的時候她抬頭看我，像要發問。

「怎麼了？」我問她。

「那裡有一塊，你的下巴底下，不長鬍子。」

我摸摸下巴底下，粗糙的毛髮失控地生長，我的手指分開毛髮，找到莉莉說的地方。我摸到光滑的皮膚。

「喔，那個。那是疤痕。」

莉莉不滿意我的回答。「什麼是疤痕？」

「就是割傷、燙傷，傷口痊癒後留下的痕跡。」

莉莉想了想。「你怎麼會有？」

「我五歲的時候推我妹妹梅莉迪斯，她撞到茶几，結果下巴裂開。我很過份，又不小心，才會做出笨蛋做的事情。我甚至不記得為什麼要那樣，只記得我對梅莉迪斯做了很多事情，因為她和我年齡相近，而且好像常常只是因為那樣。有一次，我朝她的鼻子塞了一枝粉紅色的蠟筆，而且折斷。醫生用了手術鉗才把蠟筆取出來。還有一次，我騙她把整罐凡士林抹在頭髮上，之後她只能剪成短髮。」

「這些都沒說明你的下巴為什麼有疤痕。」

我想想我想表達的點。「我想，最好的答案就是，報應可是很凶猛的。」

「什麼是報應？」莉莉想知道。

「報應就是一個人現在的行為會決定未來的命運。我推梅莉迪斯去撞茶几後一個禮拜，我在浴缸跌倒，下巴撞了個洞，就是這個疤痕的由來。」

莉莉思考了這一段話，接著說：「我有個妹妹名叫梅莉迪斯。」

「不對。」我糾正她。「我有個妹妹名叫梅莉迪斯。妳有姊姊，名叫凱莉和麗塔。」

「而且我媽媽叫維琪──噗！」

「沒錯。」我把維琪──噗的護身符從口袋拿出來放在我們的床上，莉莉跳上床聞護身符。

「我有一個疤痕。」莉莉在床上轉身，這樣我就能看見背上的疤痕。她哀怨地回頭看我。

「沒錯，妳有。妳的脊椎兩個椎間盤脫出那一次。妳嚇到我了。」我常在想那件事她記得多少，或者她心中阻絕了大部分的回憶。我想若她記得背上的疤痕，其他事件也會在比較不明顯的地方留下疤痕。

我脫掉褲子，摺好放到一旁。我已經穿著同一件內褲三天，就是不找時間洗。「看得到這裡嗎？」我把赤裸的腿靠在床鋪。「醫生切開我的腿，拉出幾條血管，留下這些疤痕。」

莉莉皺起眉頭。「他為什麼要那麼做？」

「血管的瓣膜壞了，血液無法回到我的心臟。醫生像小鳥從地底抓蟲一樣把血管拉出來。」

莉莉眨眼，低下頭。「我眼睛上面的這個痕跡呢？」

我抓住她的嘴巴，把頭壓得更低。「那個？那個沒什麼。那是快樂的疤痕。妳追妳的紅球，太拼命了，頭撞到火爐。」

莉莉笑得彷彿自己做了一件蠢事。接著，彷彿本能，她快步穿過房間，在一張小桌子底下找到她的紅球。我們看海看累了，就會在那張桌子吃飯。她跳上我們的床鋪，把球穩穩地放在她腳邊。

我伸出左手食指。威士忌拍打我的杯子，就像大海拍打我們的船。手指和手掌之間的關節有個疤痕。「這是我和妳打架的疤痕。」

「和我打架？」

「沒錯。我在整理採購的物品，妳從我的手中搶下臘腸，咬到我的手指。」

「我真的那樣做過？」

「妳很想要那條臘腸，所以不願鬆開我的手指。」

「你怎麼做？」

「我打妳的鼻子，把妳制伏在白菜上，才能拉出手指。」

莉莉聳肩。「我是臘腸犬。」

「我知道妳是。」

莉莉又轉身。「那這個從我身體旁邊戳出來的是什麼？」

我摸了她的腹部側邊，感覺到移動的肋骨。「喔，那個。妳小的時候從樓梯上滾下來。醫生認為妳摔斷肋骨。我當時沒發現，但我想已經痊癒了，只是怪怪的。妳小的時候讓我驚嚇過好幾次。」我舉起杯子敬酒。「敬妳移動的肋骨。」

莉莉跳下床，走到她喝水的碗。「我也敬你的。」她匆忙喝水，好像很渴。我懶得解釋我並沒有移動的肋骨。我知道她是一隻狗。

莉莉跳回床上，接著問：「你還有其他疤痕嗎？」

「在我的心上。但那是一種比喻。」

莉莉看起來努力地思考這句話。這些年來，我一直試著解釋傑佛瑞的事——他為什麼出現六年，然後忽然不見。為什麼愛不該是吼叫、悲傷、沉默和欺騙。即使現在，我還是不確定她真的懂。
我坐在她身旁，搓揉她的耳朵後面。
「那隻章魚來找我是因為報應嗎？」她問。
這個問題讓我震驚不已，當我終於明白她問的是什麼，就像被人朝腹部猛力揮了一拳。
「不，不，當然不是。」
「但你說一個人現在的行為——」
我打斷她。「對，一個人的。狗，至於狗……狗有純潔的靈魂。看著我。」我抓起她的下巴，直視她的眼睛。「狗永遠都是善良的，內心充滿無私的愛。每一隻狗都是一艘裝滿喜悅的船，永遠、永遠、永遠不可能有報應。尤其是妳。從我認識妳的那一天開始，妳所做的每一件事情，都讓我的生命變得更好。妳懂嗎？」莉莉點頭。「所以，不是。那隻章魚不是因為報應所以找上妳。」
她點頭，我放開她的下巴。我喝掉最後一口威士忌，把空杯子放到地上，發出吭啷聲。
「睡覺吧？」我和她一起爬上床。我的背碰到一個怪東西，我把手伸進毛毯，發現紅球。我把球放到地上，酒杯的旁邊。我拍拍維琪—噗的護身符祈求好運，然後吹熄提燈裡的蠟燭。莉莉溫柔地親吻我的鼻子，我也親吻她眉間的凹痕。
我沒告訴她，我們的苦難開始之後，消沉的我一度這麼想：可能那隻章魚，事實上，就是因為報應找上她。

但不是因為她的行為。
也許，是因為我的。

午夜

我跨坐在莉莉身上，不斷揍她的嘴巴，大叫「**去死！去死！去死！**」眼淚從我的臉頰落下，我的拳頭如灼傷般疼痛。空氣是一陣烈焰，我的心、我的肺和我的一切起火燃燒。我什麼都不記得，只記得背叛。恍然大悟莉莉就是那隻章魚。她一直以來都在欺騙我。我明白的事物全都變色。我不知道旅途的盡頭或大海的起點，不知道大海的盡頭或天空的起點，不知道天空的盡頭或黑暗的起點。

或者黑暗的盡頭。

我不知道船是否翻覆。我不知道床是否撞上天花板。如果窗戶破裂，海水會不會湧入，我們會不會溺斃。我不知道整個世界會不會上下顛倒，或只是我的世界。當我狂揍我的狗，她可愛的臉，我什麼都不知道，只知道背叛的痛楚。

這時我醒來，發狂地喘氣。

我立刻轉向莉莉，她睡得正熟。她的臉龐完好如初，沒有暴力摧殘的痕跡。她不是那隻章魚。她永遠不會背叛我。不可能。她的內心不可能這麼做。然而夢境如此真實，彷彿預示黑暗將臨。她看起來如此美麗，如此沉靜。我要自己停止不安，但在那之前，我輕聲說：

「請不要死。」

對任何活著的生物而言，都是不可能的請求。

我的身旁一片濕濡。我隨即害怕那隻章魚已經回來，但這次的犯人是我，正確地說是我身旁的威士忌空瓶。我伸手想揉眼睛，卻打到我的鼻子。

於是我明白我醉了。

每日從鼻尖洗到尾尖；
暢快地喝水，但別喝太多。
記得夜晚應打獵，
勿忘白天應入眠。

我不知道這是哪一首順口溜，也不知道為什麼記得，誰說的，哪來的。吉卜林？不重要。我只是有一種強烈的感受，我正違反規定。法律、命令。應該遵守的事。不該違反的事。不容挑戰的力量。

烏雲經過月亮，我們所在的位置被黑暗團團圍繞。我們也在烏雲背後。我們失去這趟旅行的用意，在這裡的目的。我們是獵人，而夜晚應打獵。但我們在這裡醉酒、睡覺。如果那隻章魚現在突襲，我們根本就是囊中兔。可悲。被生吞活剝。為什麼會這樣？我怎麼會允許這樣？

我看著我熟睡的摯愛，靜靜乞求她的原諒。我讓我們捲進了什麼麻煩？她不需要這個。她不想要這個。她不懂得報復。我寧願把我們的旅程想成進犯的策略，不可否認其中一部份確實就是。報復。**過去你在我的水域定錨，現在我直搗你的巢穴。**

我搖搖晃晃下床，就像其他喝醉的人一樣，全身笨拙且不受控制。我站得太挺，頭撞到天花板。我踢到威士忌空瓶，空瓶撞到紅球，接著倒地發出聲響。我火速撿起空瓶制止聲響。我看著莉莉。如果有什麼聲音會喚醒她，就是紅球滾動，撞到隔板的彈跳聲。但她依舊睡得安穩，表示我們都精疲力盡。

我爬上甲板，讓晚風洗滌全身。我深深吸一口氣。眼前的星星數以千計，雲層背後還有數千。船身搖晃，我差點失去平衡，於是我平躺在甲板上仰望。我是如此渺小。不只體積渺小，也很卑微。為什麼我受報復驅使，而非寬恕？

我想著我必須寬恕的人。

傑佛瑞？我們深愛彼此，但只有愛並不夠。他就如此輕易拋棄愛嗎？或者這段關係中我努力不夠，不能守住他的目光，於是他出走？到了最後，我們忽視彼此擁有的感情，程度不分軒輊。既然如此，分開的時候為何如此憤怒？

不說愛我的母親？我們錯在認定從出生那天起，父母自然成為無所不能的大人。錯在認定他們在我們出生前沒有過去。錯在認為父親沒當過兒子，母親沒當過孩子。我的母親早年很辛苦，忍受許多我不知道的事情。然而我經常不屑她的痛苦，逕自放大我的。我忽然覺得可笑，自私得不可理喻，於是我笑了，聲音大得嚇人。我靜靜地躺著，讓聲音如火箭衝破雲霄，觸及同溫層，接著安靜地回到地球，化作我讀過的一句話：**目前你的痛苦非常難受，但我的發生在我身上**。此時此刻，我想念我的母親。

那隻章魚？牠值得我寬恕嗎？牠不是就做章魚該做的事？難道我會責怪母獅撲倒羚羊？或者我該責怪生態系統，創造把肉當成食物的世界？

我最尖酸的蔑視與嘲弄永遠都是衝著自己。但我究竟做了什麼需要這樣，說真的？任由一段感情失敗？默許那隻章魚進來？忍受憂鬱卻不反擊？拖著莉莉和我出海？

忽然間我想把船掉頭。當我瞄準家的方向，卻彷彿無家可歸般悲痛。家還在，只是在遠方等著我們。我們在做什麼？我們在荒涼之中漂流，耗盡糧食是遲早的事。為什麼？我只需要把船掉頭，把羅盤指向東而不指向西。我眼眶泛淚。這是我想要的。為了我。為了我們。

但我沒有。

有些事情無法寬恕。我的問題跟全人類相反：去過的戰場不夠，發動的戰爭不夠。我總是羞於正面迎擊，總是迴避衝突。吵架永遠是愚蠢的，近乎荒謬。過去戰爭發生在遙遠的國度遙遠的人，不是八隻腳的敵人侵犯你的前線。

但是這次，和那隻章魚，就是戰爭。游擊戰。我再清楚不過。戰爭還沒開始，不能先判我受罰。無關意願，我們現在都是軍人。所以，我們要警覺、清醒、戒備。我們要繼續西進。

我越來越清醒。我再次起身面對夜晚——這次我的腳步平穩，我記得隨著船身擺動。**記得夜晚應打獵**。

我走到甲板室，打開回聲儀。機器活了起來，嗡嗡作響，傳送反射的聲波。我笑了。三個禮拜前我完全不懂怎麼操作這些，現在根本是第二本能。我等待可能顯示獵物的水聲資料，但只傳來底下壕溝的深度。

我知道那隻章魚就在那裡。我移動到船邊，抓著桅杆。**「你聽得到嗎？我知道你在那裡！」**我大喊。我的聲音被陰森的黑夜吞噬，唯一的回音在我腦中。

關掉回聲儀之前，我再度確認資料。沒有。然而，我在甲板室找到一枝筆和一些紙張，於是潦草地寫下我的警告。我知道你就在那裡。我把這封信塞進威士忌空瓶，然後扭緊瓶蓋，奮力將瓶子丟向夜空。

沒聽見落下的聲音。

暴風雨

暴風雨刮了三天，毫不留情，毫無預警，也絕無寬貸。我僅有時間幫莉莉穿上救生衣和牽繩，把她安頓在「魚厢情願」的舵輪。狂風暴雨隨即洶湧而來。逆風航行極為困難。莉莉在甲板室外面吐了兩次，央求雞肉米飯。我幾乎沒有時間解釋為什麼不可能，同時跌跌撞撞收好日誌和地圖，盡全力保住拖網。天空全黑，我忘了現在還是白天；豪雨如碎冰從天而降，每一滴都足以劃傷皮膚。船隻抵擋著海浪，直到引擎劈啪作響後停工。海浪猛力拍打船身，巨浪瞬間湧進船上。莉莉奮力高舉鼻子，我拿著水桶舀水，但我的努力似乎都是白費。暴風雨的氣勢銳不可擋。

除了任由風浪擺佈以外，沒有其他辦法。不用握著舵輪，至少可以專注舀水，並且保持莉莉漂浮。我隱約覺得，我們可能會翻船，但我沒有選擇的餘地，只能拋棄這種想法。生存需要絕對的專注。

繫著牽繩的莉莉在發抖，我匍匐前進，把她從水裡舉起來，安頓在甲板室的矮櫃上。我不想把她放在她平常坐的凳子上；那個凳子重心太高，我怕她會摔下來。

「待在這裡！」狂風呼嘯，她幾乎聽不見我說的話。

她點頭表示瞭解，我又回去舀水。

彷彿一聲令下，天空降下冰雹，打在甲板上，如雷貫耳。我以為充其量像傾盆大雨，但我錯了——我真的可以感覺身體紅腫。時速四十海里的強風將雨滴和冰雹瞬間掃空。我爬向甲板室尋求掩護，回到莉莉身旁。

我！不！喜歡！暴風雨！我！我！害怕！

我抱緊她取暖。風吹過「魚廂情願」的甲板，發出尖叫聲，有如氣憤的女巫集會。強風幾乎要把海面吹平，搖晃稍緩，但也僅足以不讓我嘔吐。海水拍打船身的力道減緩，我們漂浮著，船頭上揚，乘著風浪，前後擺動。

「我不喜歡濕答答。」莉莉在我的懷裡使勁甩動，像海浪一樣向前蠕動，直到尾巴完全掙脫。

「我知道妳不喜歡。」我說故事安撫她。「妳還小的時候，下雨天甚至完全不願意出門。我幫妳買了雨衣和其他東西，但妳全都不穿。有一天晚上雨下得很大，我下定決心要讓妳尿尿。我可不想半夜下雨還得從溫暖乾淨的床鋪爬出來帶妳出去。但妳就是不尿，我也狠下心，妳不尿就不帶妳進去，我們兩人都想勝過對方。」

「那我們怎麼解決？」

「我找到一個凸起的地方，底下有碎石，最後妳讓步了。」我記得勝利的快感，以及這種快感是多麼短暫。「那是第一次也是最後一次，妳真的對我讓步。」

莉莉似乎聽得很高興，而我們的注意力在彼此身上的那一刻，風雨似乎散去。但這突如其來的寧靜令我害怕，那隻章魚也許會趁虛而入，於是我顫抖地起身。我花了這麼多時間把那隻章魚當成我唯一的敵人，卻從沒想過牠和大海雙雙朝我進攻。我明白了，低估海洋是多麼愚蠢，多麼天真。這可能是我們兩人的末日。

莉莉舉起鼻子朝著船頭，一片陰影從黑暗與雲霧中浮現。

看！看！看！

陰影形成一個輪廓，輪廓變成一艘船，而希望湧向我的全身，上一分鐘我還完全無法想像。茫茫大海，我們一點也不孤單？我鳴放「魚麻情願」的喇叭表示我們的位置，卻又擔心碰撞。我再度鳴放喇叭，接著每十秒就鳴放一次，直到聽見另一艘船低鳴回應。船的位置比喇叭的聲音還近，她的低鳴都被吞進風裡。

另一艘船是深水遊艇，從遊艇靠近的方式看來——穩定，方向明確——似乎用上兩個引擎。我走出甲板室，奮力揮動雙手，示意我們無法航行。遊艇緩緩靠近，技術高明，停在我們旁邊後關掉引擎。

過了一會兒，出現一個男人，拿著一捆繩子。

「喔喂！」他大喊。

「喔喂！這裡！」我回答。我們之間的海水噴濺，我全身濕透，但我不在乎——我無法言喻內心的感激，荒涼之中出現救援。

那個男人將繩子一丟，重重落在我腳邊。我抓住一端，把我們雙方拉近。憑著一個可憐的男人對水手的想像，我試著在繩子上打結，做出一個套索，綁在甲板的繩栓上，讓拖網那一側盡可能靠近遊艇。

「有些風雨。」那個男人看起來比我應該有的樣子還要冷靜沉著，但也看得出他飽受風霜，不修邊幅。他禿頭，頭形圓滑，皮膚因寒冷而發青。從我們與海岸之間的距離看來，他在海上一段時間了。

「根本是狂風暴雨。」我說。接著我又補上：「你覺得這是最凶猛的嗎？」我雙手抱胸等待答案。如果不是，我不知道還會多恐怖。

那個男人笑了。狗的吠叫聲穿過風雨，我轉頭看莉莉，她靜靜地發抖。一隻黃金獵犬從遊艇的船艙跑出來，搖著尾巴。「引擎壞了嗎？要不要上來？我們可以像捕鯨人一樣來個聯歡。」

我想起《白鯨記》裡頭的聯歡。兩艘船在海上相遇，他們會放下錨，捕鯨船的船員會到彼此的船上交換消息和八卦。我看著莉莉，她似乎很害怕。我不知道為什麼，通常在別的狗面前她不會這麼安靜。

「好主意。我可以攜伴嗎？」我指著莉莉。

「我們歌蒂堅持。」那個男人拍拍他的狗，我舉起莉莉，緊緊抱著她，希望她感到安心。我從甲板室抓起最後一瓶威士忌，心想空手上船似乎很失禮。大概只剩一兩杯，但聊勝於無。

在堅固的船上，大海立刻穩定許多。這艘遊艇叫做「歐兔」，比「魚厢情願」還要新。那個船艙既溫暖又舒服，雖然不是大得不可思議，但和我們的甲板室比起來，簡直像皇宮。那個男人從櫥櫃拿出一些毛巾丟給我。我把莉莉的救生衣脫下，輕輕幫她擦乾。我擦自己的時候，她的鼻子一直朝著歌蒂。歌蒂也聞著她的臀部，莉莉在「歐兔」的保護和溫暖乾燥的空氣中漸漸放鬆。看到另一個人類，還有另一條狗，幾乎令我激動落淚，雖然沒有真正流下。我全身脫水，而且受到驚嚇，已無力哭泣。

「歌蒂，帶妳的朋友去妳的祕密基地吧！」那個男人吹口哨又彈指，接著歌蒂行動，莉莉尾隨在後，一起從一道小門走了出去。「底下的空間有點浪費，所以我幫歌蒂挖了個洞。海洋沒有邊際，封閉的空間會讓她覺得安全。我來弄點吃的，同時我們兩個船長可以聊聊。」

我舉起手上的威士忌表達心意。那個男人微笑，拿了兩個杯子給我。

他熱了一鍋燉湯，幫狗做了雞肉米飯。莉莉一定會樂翻。他在忙的時候我告訴他我們的故事，有關那隻章魚，獸醫的診斷，還有我們經歷的一切——那隻章魚突然不見了，租了「魚厢情願」，還有獵殺的計畫。他專心聽著，只在不懂的地方打斷我一兩次。我說完後，我們都沉默了。

「你覺得你可以殺掉那隻章魚嗎？」

我誠心地回答。「我想我會很享受。」

我的答案凝結在空氣中。

「你知道嗎？『遊艇』的英文來自荷蘭文，原本字面的意思是『獵殺』。」

我點頭，彷彿知道，但其實我不知道。即使在海上三個星期了，我的航海知識仍然有限。那個男人盛了兩碗熱騰騰的燉湯，而且，此時此刻，這是有史以來最好的一餐。鹹魚、蕃茄、防風草和其他根莖類蔬菜。他把雞肉米飯分成兩碗放在地上，吹口哨吆喝狗兒過來。兩隻狗飛快跑來。

雞肉！米飯！看！我！有！雞肉！米飯！

對莉莉來說，這簡直是聖誕節早上，她的開心程度不亞於我。起初她對這艘船的抗拒現在完全消散。她刻不容緩，整張臉埋進碗裡溫熱的食物中，告訴歌蒂雞肉米飯是她的最愛。

「這裡是遠海，周圍一個人也沒有。你自己一個人打獵嗎？」我問。

那個男人遲疑了一下，接著說：「也許吧。」

「那麼你在追捕什麼？如果你不介意回答的話。」那個男人看著我，好像我有點越界了，而我也目不轉睛看著他。沉默變得有點尷尬。「我們只是聊聊，船長對船長。」

「我們只是聊聊。」他肯定，接著說：「人追求的是什麼？和平、安慰、意義。」接著，停了一下。「戰利品。」

「戰利品?」我乍聽之下感到奇怪。戰爭的戰利品嗎?

那個男人聳肩。

我們吃著燉湯,「歐兔」隨著巨浪上下,我們同時抓著桌子,擔心暴風雨又往我們的方向回頭。平穩一會兒後,感覺巨浪已經遠離。

「你知道嗎?我好像看過你那隻章魚。」那個男人說。

我手上的叉子掉落,碗底發出一陣吭啷。「你看過?」

「不到三天前,歌蒂和我在看夕陽,夕陽消失前,右舷那邊有個光滑的倒影,和殘餘的夕陽不同。我仔細一看,我發誓我看到一隻眼睛看著我們。牠還眨了一下眼睛,歌蒂聞到牠的臭味,對牠吠叫,那個東西游得更近,盯著歌蒂,我抓著歌蒂的項圈把她拉好。整件事不出幾秒鐘,但很恐怖。牠一靠近我們的船就沉到海面下,我再也沒有看到牠出現。」

我背上和脖子的汗毛豎了起來,我們同時伸手拿酒。我的直覺是正確的。

我們離牠不遠。

我注意到那個男人桌邊的櫃子上有個神奇八號球[19]。和我小時候的一樣。我伸出手。

「可以看一下嗎?」

男人點頭表示允許。我雙手捧著那顆黑球,大聲說出我的問題。「我會抓到那隻章魚嗎?」我仔細搖了那顆球,然後打開。

答案是「是」。

「那就是了。」那個男人歪嘴笑了。「八號球不會說謊。」他拿起他的盤子，伸手過來。「再來一點？」

我還沒說好，莉莉就開始低吼。我抬起頭，我以為莉莉對雞肉米飯的喜愛讓她膽敢去搶歌蒂這樣的大狗碗裡的食物。但她們的碗都是空的，歌蒂連影子也不見。

莉莉對著那個男人低吼。

「莉莉！不可以這樣。他做雞肉米飯給妳呢！歌蒂呢？跟主人說謝謝去。」

歌蒂！是！魚！

「什麼？妳在說什麼？歌蒂是狗，跟妳一樣。」

她不停低吼，從喉頭發出嗚聲，我只聽過她發出這種聲音一次——有天晚上我們在洛杉磯散步，回家的時候一隻狼犬經過我們的面前。

我感到越來越不對勁。

「不用擔心。」那個男人說。「因為暴風雨，她變得很敏感。你的狗很乖。」他把盤子放到水槽附近。「要是她發生什麼事就太遺憾了。」

他說的每一個字只讓情況越來越惡劣，不安的情緒高漲。莉莉磨著她這把年紀剩下的牙齒，蹲低準備攻擊。

19 譯注：神奇八號球於一九五〇年代問世，是美國流行的算命玩具。

「莉莉？」這次我沒有喝斥。這次我知道怎麼處理，這次我相信我的狗。

我轉向那個男人。「你為什麼把船取名為『歐兔』？」

他毫不遲疑回答：「我很喜歡這個名字。」

歐兔。

莉莉這下失控狂吠。歌蒂是魚？我尋找那隻黃金獵犬，但不見蹤影。吠叫聲中我難以集中精神，但我強迫自己快速思考。

歐兔。

莉莉，妳看見什麼，我卻沒看見？

歐，兔……兔子？

歐，兔。這沒有意義啊！

O2？

氧氣？

我呼吸困難，心跳加速。想啊！可惡。莉莉不停吠叫，我聽不見自己的思緒。我低頭看我的腳找尋靈感。氧氣。呼吸。生命。

然後靈機一動。

氧的原子序數是八。氧是週期表上第八個元素。

八。

神奇八號球。

我緩慢抬起頭，看著我們的救援者，內心升起輕蔑。他的眼睛盯著莉莉。

「她的內心有陣颶風。」那個男人，緩慢的，故意的，對我眨了眼。「不是嗎？」

憤怒湧上我的喉頭。只有三個人知道颶風的事。

我。

莉莉。

還有那隻章魚。

獵殺

我飛快轉身，定格在莉莉和那隻章魚之間。我直覺抓起威士忌酒瓶，朝著桌子猛力一敲。瓶子沒破。我又敲一次——還是沒破。電影裡面的酒瓶就這麼容易拿來當武器，我卻敲不破這支威士忌？那隻章魚站在出口前面，歌蒂依舊不見蹤影。

「就是你，對吧？」

「誰？」

「我們要獵殺的。」還有另一支瓶子，第二支瓶子，在角落。我改抓起那一支，使盡全身力氣往桌上敲，這一支終於破了，我寫的警告掉了出來：**我知道你就在那裡**。牠撿到那支瓶子，我丟出去的那支。

那隻章魚從牠的人形嘴巴吐出一串模糊的話。「我還在想你什麼時候會認出我來。」

「你那顆醜陋、軟爛的頭，早該被砍掉了。」我氣自己這麼容易就被同伴和食物引誘。我早該知道。不是因為冷而發青，因為牠是頭足綱生物所以發青。二十四天的海上生活已經削弱我的意志，我沒能保護莉莉。

我舉起破掉的威士忌瓶撲向那隻章魚，但牠拿起靠在角落的魚叉。我們都持有武器，牠的手比較長，而且如果牠決定變回章魚的形狀，就會多出七隻手去拿武器。

我抓起掛在牆上的煤油燈。「我發誓我會把這艘船夷為平地。」

「夷為大海。」牠糾正我。「動手吧。我們三人之中，誰游泳最強呢？」我突然想起莉莉的救生衣塞在角落。牠是對的，當然，一直都是。這就是牠最令人火大的部分。

「猴子。」我冷靜地呼喚莉莉，目光不離那隻章魚。我的眼角瞥見她的耳朵翹起來。

「跑！」

牠丟出魚叉的瞬間，莉莉穿過牠的腿，奮力衝刺。我退縮，但我的寶貝反應夠快，千鈞一髮之際，閃過鋒利的魚叉。魚叉刺進船艙地板，牠上前要拔，我趁機攻擊。我用全身九十公斤的力量，把破碎的瓶子刺進牠的肩膀。立刻見血，我更加用力扭轉酒瓶。

「你就拿走這隻手吧，我還有七隻。」

對，但在哪裡？我不懂牠怎麼長成一副人的模樣。我不懂牠到底有多狡猾。牠揍了我的鼻子，我往後飛出去的同時，牠把身上的酒瓶拔出來，丟在地上摔個粉碎。

我踉蹌，但沒有倒下。我可以感覺血從鼻子流出來，臉上的疼痛難以形容。我降低重心，準備擒拿。我從來沒有打過架。從來沒有像現在這樣，一心一意致人於死地，結束生命，殺戮。我根本毫無自覺，人卻全速衝向牠。

我們撞上滿牆的櫥櫃，兩人都倒在地上。其中一根橫樑斷掉，書、灰塵、航海地圖紛紛掉落在我們身上。我用力揍了牠一拳，大拇指戳進牠雙眼，想捏爆牠的眼睛。弄瞎牠，像牠弄瞎莉莉一樣。忽然，我發現背後竄起火焰，是油燈！我往後的時候撞掉的，現在窗簾起火了。一個小小的魚缸從櫃子上墜落，掉在那隻章魚的手上，水濺了出來，一隻金魚掉在地板上。我看著魚無助地掙扎拍打，喘著氣，想跳回安全的魚缸裡。

我知道了。莉莉警告過我。**歌蒂是一隻魚**。

「歌蒂？」黃金獵犬是個誘餌、詭計，是那隻章魚的海底同伴，化成狗的外型引誘莉莉和我。我們以為安全，卻掉入牠的陷阱。每個人都會相信帶著狗的男人。那隻章魚提起靴子往金魚身上一踏，金魚腸破肚流。我整張臉皺了起來。牠今晚第一個殺死的對象。

希望也是最後一個。

那隻章魚沒受傷的手，碰到魚缸的水，便開始抽動，扭曲，而且變形。那是章魚的手，細長、青紫，我來不及擺脫，那隻手像蟒蛇一樣纏著我，掐住我，上面的吸盤緊附在我的皮膚上。半人、半章魚，牠纏得很緊，我幾乎承受不了，此時船艙變暗。我試圖掙脫黏稠又像蟾蜍的手，卻無法抵抗牠纏繞的力道。我的視線開始模糊，變黑，腦中只能想到失敗。

莉莉從煙霧中出現，嘴裡咬著一條繩子往前衝。繩子的尾端是個套索。我不知道是她自己綁的，還是放在這裡準備絞死我們的。她把繩子塞進我手中，當那隻人形章魚抬起頭來，我趁機從背後把繩子套進牠的脖子。莉莉抓住繩子猛力拉扯。她身體蹲低，後腿稍微抬高，露出牙齒。這個姿勢我看過不下數千遍，是我們玩她的繩子玩具的時候。我知道她有多頑強。

我用盡最後的力氣，全身倒立，把腳抵在那隻章魚的下巴，拼命往莉莉拉的反方向推。套索纏得更緊，牠掐著我的脖子的力道同時鬆了。

「我們必須離開這裡！」我朝著莉莉大叫，把脖子上的章魚手扒開。

此時套索很緊，莉莉放開繩子，去咬剛才酒瓶刺下的傷口。她大口咬下，狠狠甩動頭，直到撕開。我也看過她這樣對待填充玩具——咬著玩具的身體，瘋狂甩動，甩斷脖子。她血液裡的殺戮本能總是令人不安，但現在我大聲歡呼。那隻章魚放開我，用力拍打莉莉，莉莉飛到另一頭，嘴裡咬著一塊還是人身的肉。我抓起繩子，再次緊緊拉著，牠的臉也愈發青紫。牠的兩隻手用力揮舞，往四面八方拍打，後方的火焰即將吞噬船艙。

莉莉飛到桌底，她的兩隻腳已經著火了。「莉莉，小心！」莉莉轉身，看見火焰從桌底竄升，桌子往一邊倒下，她連忙爬出來。火花四起，幾個靠墊也著了火。船艙的濃煙團團包圍我們。

我拉著勒住章魚的繩子，還有三步階梯才能走出船艙。牠用牠的章魚手抓著繩子，拉出呼吸的空隙。莉莉咬住牠的阿基里斯腱，牠痛苦得扭動。我甩動繩子走上階梯，抽得更緊，我拉著那隻人形章魚，那隻人形章魚拉著莉莉。

「跟世界說再見吧，你這王八蛋。」

「呃……啊……」那隻章魚從喉頭發出聲音，掙扎著想呼吸。

舷緣底下綁著一支斧頭，我想都沒想，手上已經握著斧頭。我把繩索纏在左手，使盡全身力氣舉起斧頭，發出血腥的怒吼。那隻章魚側身，斧頭砍進甲板。

「莉莉！」我需要雙手拔出斧頭，所以莉莉接手繩子。她拉起繩子，纏在甲板上的繩栓。我握著斧頭，拔出甲板。莉莉跑到那隻章魚背後，邊拉邊跑，套索勒得更緊。我再度舉起斧頭，瞄準其中一隻章魚手，這一回正中目標，斧頭落在手上發出砰然巨響。

那隻章魚痛苦得尖叫。

牠踢了莉莉，莉莉飛到舷牆。我正用力把斧頭拔出甲板時，繩子正好鬆開，牠趁機爬了起來。受到驚嚇的莉莉忍不住甩動身體。那隻章魚跛腿走到右舷，轉身回頭看我們最後一眼。

「後會有期，長官。」牠說。我才剛拔出斧頭，牠冷靜地往船身外面倒下。

莉莉大叫，我們急忙衝到船邊，以為會看到脖子斷掉的牠。但是沒有，牠吊在繩子上，大口呼吸，噴出口水，咳嗽，牠的膝蓋以下浸在海裡。隨著牠掙扎擺動，四周的海水開始冒泡，牠被一陣紫色的雲霧吞沒。我們只能看見牠的兩條腿變成四條、接著五條、六條。牠的上身變得鬆軟，恢復章魚的形狀，最後我們看見牠輕視和仇恨的表情。牠再度變成無脊椎動物，從套索下溜走了。

溺斃

「幹！」我急得原地打轉，瘋狂尋找辦法。我們之中有人會先捲土重來，希望是我們而不是牠。拜託！專注。專注！我們差一點就要勝利了，不能功虧一簣。但是那隻章魚有主場優勢。我們需要奇蹟。我看著原來掛著斧頭的地方，有個亮點吸引我。船身側壁底下有一個橘色的箱子。我連忙伸手，用蠻力將箱子拉出來。我的手指關節既冷又痛，手指因害怕和期望而顫抖。我想盡辦法打開箱子，當我打開時，果然沒有白費苦心。裡面有兩把信號槍。

莉莉對著左舷吠叫。海水爆發，一隻章魚手從左舷竄出，逆時針拉著船。此時我意識到牠全身的體積，以及牠猛獸般的威力。莉莉毫不畏懼衝向那隻手，然而第二隻手也伸出來穿進窗戶，船艙迸出火花，莉莉不得不撤退。章魚破壞遊艇的船身，船身裂開，開始進水，這時我抓起槍衝向牠。

我們只有一次機會回到我們的船，至少我們還有拖網可用。船在十公尺外平靜地漂浮，與火焰保持安全距離。我們跳不過去，也不可能利用鋪板。回到「魚廂情願」唯一的方法是游泳。我們要跳進海裡，但首先必須避開那隻章魚的注意。

我吹口哨呼喚莉莉，同時拍我的大腿。她立刻跑來，我蹲低，抱住跳上大腿的她；她好多年沒這麼靈活了。我把槍盒放在繩栓旁，距離剛好足夠解開繩子，分開「魚廂情願」和這艘燃燒沉沒的船。然後我抓緊莉莉，同時抓緊其中一把槍，用最可悲與害怕的聲音大喊：「喂！章魚！我放棄了。你要她嗎？拿去吧，我不想溺死！」

那隻章魚和我們在一起夠久，這下牠開始想，情況危急時，我是不是真那麼自私。牠睜開一隻眼睛，看看我是不是認真的。牠不是看著我要給牠的莉莉，而是盯著信號槍的槍管。

「操你媽王八蛋！」我扣下扳機。

信號槍像閃電一樣擊中牠的頭，牠退入水中，往下沉，發出蟒蛇嘶嘶尖叫的聲音。火焰蔓延到船艙另一面窗戶，破碎的玻璃朝甲板噴濺。

「我們走。**現在！**」我放下槍，抱緊莉莉，往右舷的方向跳入海裡。我奮力踢水，盡可能快點浮上去。浮出水面後，一隻手猛力划水，另一邊莉莉的短腿也快速踢水。我們大約還差三公尺。後方的歐兔轟然爆炸，火焰終於燒到了引擎。

之前那隻章魚丟給我們的繩子還掛在「魚廂情願」的側邊，呼喚我們去拉。我穩穩拉住，繩子還緊緊繫在栓上。我拉著我們兩人往上爬，高舉莉莉，讓她爬上船。莉莉翻到船的另一邊，此時那隻章魚的觸腳纏住我的脖子。

「莉……」在牠鎖住我的喉嚨之前，我叫了莉莉，足夠讓莉莉聽見。莉莉趕在章魚另一隻觸腳甩上「魚廂情願」的甲板前快步逃走。

正當我的手指轉為白色，再也抓不住船緣，莉莉再度出現，從我們的甲板室跑出來，揮舞一把鋸齒狀的切魚刀。她把刀插進我脖子上的觸腳。我可以感覺刀尖抵著我的下巴。那隻章魚鬆開，正好給我足夠的時間爬上船。

我直接衝進甲板室，啟動拖網的絞盤，謝天謝地，暴風雨沒有打壞機器。拖網頓間活起來，發出隆隆聲。我從左舷放下網子。吊杆擺動，我擔心會打到莉莉。我大喊要她蹲低過來，她悄悄溜到我身邊。我直覺打開回聲儀，氣喘吁吁看著牠是否有生命跡象。大約過了三十秒，那隻章魚動了。

嗶。

「那裡！」

我發動引擎。

嗶。嗶。

「快點，快點，快點……」

引擎劈啪作響，發出噴射聲。

「快！」

嗶。嗶。嗶。

那隻章魚逼近我們。

我揍了引擎控制板一拳，忽然間，引擎動了。我用力把舵輪往左邊轉，「魚廂情願」猛地急轉彎。

嗶。嗶。

我們甩掉那隻章魚，但拖網偵測器並未顯示任何捕捉的跡象。莉莉嘴巴咬著魚叉槍的帶子，把槍拉到船尾。她就位後，挺起身體，後腳站在船尾。

嗶。

那隻章魚離得更遠了。

無聲。

「魚廂情願」轉了一圈，我們衝進浪裡。我看著眼前的海洋，用袖子擦著窗戶，擦掉甲板室裡的霧氣。此時的寂靜沉重又可怕。

我連忙奔向船尾，把魚叉槍架好並且綁緊，瞄準後方的海面。我教莉莉怎麼用鼻子轉動槍。我告訴她幾個我知道的開槍技巧——把槍的底座靠在肩膀，臉頰貼緊槍桿——還有如何擊中移動的目標。我從我媽的丈夫那裡學來的，他本人是個厲害的射手。莉莉聽著，堅定地點頭。

嗶。嗶。

回聲儀發現船尾有異。我衝回甲板室，並對莉莉大喊。「牠在我們後面！朝妳這裡來！」我看見她將手掌放在魚叉槍的扳機上。那隻章魚距離十二公尺、九公尺、六公尺。

「準備！準備！聽我命令開槍！」

莉莉專心瞄準。

「記得我跟妳說的！」

我轉頭看回聲儀。三公尺。莉莉最後瞄準，用鼻子調整魚叉槍一公釐。

不是！那隻！章魚！該來！的！地方！

「開槍！」

她扣下扳機。

魚叉槍射中目標，我興奮得高舉拳頭。因為繩子綁得很緊，莉莉得把槍從固定處敲下來，魚叉槍靠在舷緣上不動。我快轉著舵輪，這一次往右，讓拖網往船尾的方向去。

「莉莉！換手！」

莉莉火速奔跑，接手舵輪。我衝向船尾，鬆開槍，把魚叉上的繩子捲回來。我看見張開的網子，用力捲了最後一下，把中槍的章魚拖進來。

「拉高絞盤！」

莉莉使盡全身力氣跳起來，用鼻子把絞盤開關往上推。三角帆上升，網子的開口收起，從水底上升，捕獲的怪物很重，把網子往下拉。那隻章魚從海裡浮現，先看到牠的尖喙，接著是剩下的七隻手，被釘在頭後面。

「你好，章魚。」我冷冷地說。「真高興又見面了。」像現在這樣，看著牠無助地吊在網狀的監牢，我首次真心地說出這句話。

莉莉搖搖晃晃來到我身邊坐下。

「放我出去！」那隻章魚低鳴。牠的呼吸微弱，手臂被網子捆在身上。我看見牠的手緊緊蓋著腮。

「你想殺我，我們樑子結下了。你想殺我的狗，你就得死。」

莉莉的鼻子推了我的小腿，彷彿在問是否有必要這樣。我看著她，就像每次我要她相信我的樣子——當我們上車，但不是要去找獸醫，我讓她知道我們是要去玩；當我們嘗試新的散步路線，她對不熟的地方感到畏懼時；當我在炎熱的夏日幫她洗冷水澡，我知道這樣會讓她舒服點。當我告訴她，我們即將展開一場偉大的冒險。

「**你不能殺我！你不能殺我！**」那隻章魚開始扭動，網子搖晃。船身傾斜，三角帆嘎吱作響。於是那隻章魚撞上「魚甭情願」的側邊，拉住拖網的繩子脫出滑輪。拖網朝海中掉落，繩子瞬間鬆開。千鈞一髮之際，莉莉的嘴巴抓住繩子，盡其所能蹲低。她幾乎無法阻止繩子飛走，她的腿深深陷入甲板。

「『撐住！』」我奔向甲板室，拉直舵輪，全速打開引擎。船身往前傾。我撲向莉莉，抓住繩子。那隻章魚在繩子那頭跟我們拔河，牠的力道之大，我的手指痛得像要斷了。隨著船的速度加快，我和莉莉總算穩住。繩子在船尾四周滑動。我知道只要牠的手釘在背後，緊緊掐住牠的鰓，牠就不能在水底呼吸。而一旦牠的尖喙暴露出來，我們只要前進，強迫灌水進入牠的喉嚨，牠就會淹死。

只要我們能夠撐住。

那隻章魚越抵抗，我們的腳陷得更深。我的手指全都斷掉也無所謂。我抱著腳跟抵在舷牆，「魚廂情願」全速前進。我可以感覺到那隻章魚垂死掙扎。

「我們只要再多撐十秒！」莉莉點頭，咬得更用力。

我開始倒數。

「十！九！八！」

我把繩子緊緊纏在左手上，用力拉。

「七！六！五！」

海面下有股力量猛力一拉，我聽見我的手指斷掉，發出「啪」的一聲。

我怒吼。

莉莉深吸一口氣，接續我的倒數，雖然聲音含糊，畢竟她嘴裡咬著繩子。

四！三！二！

我看著莉莉，我們四目相接，一起喊：「一！」

數到零之後，我又緊拉著繩子足足三十秒之久，才發現我們數到三的時候，那隻章魚已經不動了。

我看著莉莉。「結束了。」我鬆了一口氣，垂下肩膀，放開手中的繩子。「牠不會再來煩我們了。」

莉莉鬆開嘴巴，把我推倒在甲板上。她爬上我的身體，站在我的左右胸骨，瘋狂舔我的臉。要讓章魚發笑可能要搔十次癢，但只要一隻狗舔我幾下，我就會笑了。我們瘋狂地親來親去，笑到無法呼吸為止。

幸福。

我們回過神後，我看著斷掉的手指，發現手上還纏著繩子。

我們小心把繩子重新繞到絞盤上，我用絕緣膠帶包紮手指。我將「魚廂情願」掉頭。經過好幾個禮拜，我們終於要往家的方向——太陽升起的方向，嶄新的開始。莉莉和我躺在甲板室的臥鋪，安靜地望著東方——加州，拖著那隻死掉的章魚，在船的尾端擺盪。

Part 7

無限 (∞)

8 A.M.

夜裡焦躁難眠，過了好幾個小時，我們終於入睡，入睡後我又醒來，發現床上的髒污。莉莉呼吸困難。我當下就知道，這是我們的最後一天。我低頭看著莉莉，那隻章魚回來了，甚至比我印象中還要大隻，牠勒住莉莉的力道前所未有地凶猛，我們兩個都要窒息了。房間在轉，或者我的頭在轉，某個東西在轉，轉得一切都模糊了。房間裡沒有任何一個地方看得到打開的行李；臉上沒有粗糙的鬍子；皮膚也沒有日曬的顏色，沒有烈日之下在「魚廂情願」生活數個星期的痕跡；雙手沒有在海上打了一場硬仗的傷口、疤痕，沒有骨折。那一切多麼真實，鉅細靡遺——我們擊敗那隻章魚，看著牠慘死，享受回家路上安詳的甜蜜。我們兩人在遼闊的太平洋上控制著一艘船，我的心還在為我們的勝利歡騰。但是現在，那隻章魚在這裡。

我們的命運急轉直下，我的胃因此很悶。我覺得我要吐了，但想不起來最後吃了什麼，或者食物是什麼，飢餓是什麼，真的是什麼，假的是什麼。我不知道狗兒能不能操作拖網，發射魚叉槍，或者章魚能不能變成人形又變回去。我不知道我們是死是活。為什麼我們明明殺了那隻章魚，卻變成痛苦的失敗，而且牠又回到我們的床上。我發現我什麼都不懂了。這時候，那隻章魚說：「早安。」

「請你離開，拜託。」我哀求。這是我第一次對那隻章魚低聲下氣。也許我能打動牠的心，奢求一點公平正義之類的。用莉莉的溫柔天真說服牠，牠找錯狗了。但那隻章魚只是笑著說：

「我！為什麼！要！走！這裡！應有盡有！」

於是我明白，牠已經完全帶走莉莉了。在我身旁呼吸微弱的狗，只是我愛犬的軀殼。所有的跡象判斷，她已經走了。

我掏起莉莉，抱在懷中。她甚至沒有力氣抬頭。說了幾聲「我愛妳」之後，我把她放到地上，希望她能站起來，重拾奮戰的力氣。她四肢彎曲，應聲倒下，眼睛盯著前方的角落。開始喘氣。

我下定決心，不再讓那隻章魚從我的哀求中得到任何快感。

9 A.M

檔案櫃的第三層抽屜寫著D，代表狗，我在裡面找到莉莉全部的文件。證明血統的AKC證書，狂犬病疫苗接種證明，採購用品的收據——我們相見前一天，我在家裡擺好的碗，鋪好的床；我們共進第一餐，寫著「汪！」的餐墊，還有她的碗；她討厭睡在裡面的板條箱。我在檔案夾後面找到我想要的東西——她脊椎手術的資料。我不能回去找嘟嘟。最後我必須盡這份力，去找上次我以為她會死的時候收留她的人。我抽出六千美元的收據。**我真的付了六千美元**？感覺像很久很久以前的事情。收據上有兩個電話，一個是緊急聯絡，一個是非緊急聯絡。我拿著收據五分鐘之久，收據皺了，沾上汗水，我還是不知道該撥哪個電話。

我偷看廚房角落的莉莉；莉莉側身躺在她的床上，就是基地，就是我三十分鐘之前安置她的地方。我回到房間，關上門，又過了五分鐘。我伸手去拿還在床邊充電的手機，打了非緊急的電話。似乎是錯的，但我無法撥打另一個電話。那些數字太潦草。

「動物外科與急救醫院，請問是緊急事故嗎？還是你能等等？」女人的聲音，生氣勃勃。

我再度看了手機和收據。我打的是非緊急的電話嗎？是的。

「我可以等。」

我等得越久，就越不像真的，我就越不需要在電話裡表明來意。是的，我可以等，請讓我永遠等下去。我會住在這裡，在妳的電話旁邊紮營，也好過現在，好過我所在的地方。

沒有等待的音樂，只有微弱但刺耳的低鳴。可能是我耳朵裡的血液，耳道裡腫脹的毛細血管發出的聲音。

「抱歉，久等了。」

我欲言又止。「我可以等。」我隱約意識到這句話並不對。

但其實這才是真的。

「請問需要什麼協助？」

我吸氣。吐氣。

「我的狗。她有一個……腫瘤。」我沒說「章魚」。「在她的頭上。造成她痙攣。她在服藥。他們不打算手術。我們決定不要手術。我想她已經痴呆了。我不覺得她能站起來。我覺得她已經不在了。我想差不多結束了。」

收據在我流汗的掌心裡濕濡不堪。我想起我的奶奶在我小時候教我的把戲，把吸管的包裝紙擠成一團，然後在上面滴一滴水，就會像一隻毛毛蟲一樣蠕動展開。我幾乎也能拿這張揉皺的收據表演一樣的把戲。幾乎。

我的奶奶消失了。
我的童年消失了。
魔法消失了。
我吸氣。吐氣。再一次。
我試著開口說話，但連續兩次，都無法發出聲音。一開口聲音就分岔。
我的話消失了。
我用力咬一下舌頭，終於能夠說話。
「我想……我的狗需要找，安……？」
電話另一頭感到困惑。「請再說一次，安……？」
我壓縮橫隔膜，吐出那三個字。
「安樂死。」

10 A.M.

電話裡的女人問我們什麼時候過去，我只能說出「今天」。我坐在莉莉旁邊，溫柔地把她抱到我腿上。

「妳想要什麼？小老鼠？如果什麼都可以的話？」

莉莉努力睜開一隻眼睛，但看得出來她很痛。過了一會兒，她慢慢地舔了嘴巴。

「妳大概是想要雞肉米飯，對不對，豆豆？但是雞肉米飯是妳生病的時候吃的，妳沒有生病，妳很好，妳只是痛，只是這樣，而且很快就不痛了，然後妳想要什麼都有。還有比雞肉米飯更好的東西。」

莉莉點頭，下巴癱軟在我的膝蓋上。

「任何東西，妳想要的。」

我的胸口宛如巨石壓迫，幾乎無法呼吸。當我吸氣時，氧氣有如利刃在切割我的肺臟。

「我知道！」我無法忍住淚水。「花生醬。花生醬好不好？」我隱約記得在「魚厢情願」上，問她回家之後想要什麼，她回答花生醬。「妳一向最喜歡花生醬了。」

莉莉沒有反對，於是我慢慢站起來，抱著她到廚房。我拿出花生醬，這次我們坐在廚房的桌子。我小心打開蓋子，那一罐幾乎是新的。我把罐子拿到她的鼻子下方，過了好久她才反應，但她終於認出花生、糖和油的香甜氣味。她慢慢抬起頭，她慢慢開始舔著空氣。我慢慢把罐子移到她嘴邊，她可以碰到她的獎品。

「愛吃多少就吃多少。妳可以整罐吃掉。」

她碰到花生醬，但她太虛弱，無法嚥下太多。她最愛的花生醬。我用手指挖了一點給她。我記得她小時候的舌頭，既柔軟又粗糙。她怎麼會舔著我的手舔到出神，出神到似乎永無止盡，我得要把她重新開機，像一台壞掉的電腦。

十二年又一半。

莉莉舔完我手指上的花生醬，又轉向罐子，她一直舔著，直到停下。接著她垂下頭，發出吞口水的聲音，但最後那些聲音也停了。

「乖女孩。」我說。

珍妮和我曾經談過，我們明明知道終究會死，卻又能夠繼續生活。生活有什麼意義？面對必然的命運，每天早上又何必起床？或者因為無法改變死亡，反而激勵生命？所以還有時間的時候我們就該抓緊？不就是因為不知道今天是不是最後一天，所以我們才會繼續活著？

但如果今天就是最後一天呢？如果就是此時此刻呢？

你怎麼自處？

你怎麼呼吸？
你怎麼繼續？

11 A.M.

我穿上通常不會穿出家門的衣服，但我不在乎。我用毛毯把莉莉包起來，以免她又失禁。我們站在廚房，我心想，她知不知道這是她最後一次看著廚房。如果她知道，如果她明白，她並沒有呼天喊地。但是我，忍不住。這是她十二多年來，住了十年的家。

地板上放著她空著的床，床上有她腳掌圖案的毛毯。水槽前面是早上太陽直射的地方，她喜歡躺在那裡。然後是我們放鍋子的鐵架，那個會把紅球吞進去的鐵架；我經常發現她困在底下，想盡辦法要拿出紅球，只見她的後腿和搖晃的尾巴。還有快餐店沙發，是她的備用床，有時候也是午睡的床。把垃圾桶藏起來的櫥櫃；她會用手掌打開櫥櫃的門，以為我在忙亂之中把好吃的東西丟了。放玩具的抽屜；她想玩的時候總是投以期待的眼神。脊椎手術之後把她關了十二週的柵欄。放餅乾的鐵桶，地板上每天盛滿兩次的碗。她守護的後門；任何人靠近，她就像德國狼犬般兇猛吠叫。我用來做生日餅乾的攪拌機。她失明之後會「鏗」一聲撞到的火爐。她痴呆之後會站在前面吠叫的角落。

然後是地板上的紅球。

不動。
了無生氣。
寂靜。

正午

我們通過一道自動門，進入動物醫院，醫院和記憶中沒有兩樣，櫃台後方的女人問我需要什麼幫忙（她沒問我能不能等）。我結巴：「我剛才打過電話。」於是她點頭，攔下一位經過的同事，把手放在她的肩膀上。

她在她朋友的耳邊細語。

第二個女人帶我們進入一間檢查室，告訴我們醫生馬上就來。她離開時，把門緊緊關上，把我們與外界隔絕。

我和莉莉坐在唯一一把椅子上。很冷。

牆上的時鐘沒有秒針，於是我看著時鐘，感覺三分鐘有多久，接著看到分針動了一下。

寂靜無聲。星期四中午事情不多。

我和我的狗兒莉莉總是在星期四晚上討論我們覺得可愛的男生。

「今天是星期四，豆豆。星期四我們會討論男生。」

莉莉的眉毛動了一下。除此之外，一切依然寂靜。

「我們不如來個復古路線：年輕的保羅．紐曼和年輕的保羅．麥卡尼？」

莉莉嘆氣。

問：**你最喜歡的聲音是什麼？**

答：幼犬嘆氣。

我的聲音分岔。

「我必須告訴妳。」我把頭往後仰，以免眼淚滴在莉莉身上。「我覺得沒有人比年輕時候的保羅．紐曼更帥了。」

門外傳來腳步聲。**拜託不要進來。拜託走開，讓我們安靜。拜託永遠不要進來。**

腳步聲經過。

「《虎豹小霸王》、《鐵窗喋血》，還有《朱門巧婦》裡的布里克。」

時針又過了一分鐘。接著過了幾分鐘。

我想逃跑，但我的腳彷彿灌了水泥，黏在地板上。我的下半身癱瘓，就像我們上次來這間醫院，當時莉莉的情況。

更多腳步聲。接近後停住。

一隻手放在門把。

門打開了。

一個穿著白色手術袍的女人走進來。她和藹地笑，但不是太和藹。她已經知道將要發生什麼事。

「狗兒叫什麼名字呢？」

我掐著我的手指，感覺到痛。「莉莉。」

那個女人從檢查台底下拉出一把凳子，拉到我們旁邊，坐了下來。

「莉莉頭上這個是什麼？」她把三隻手指放在莉莉的下巴，非常輕地抬起她的頭，好看個清楚。

「是那隻章——」我開口，但又吞下。**夠了**。「那是她的腫瘤。」

那個獸醫從口袋拿出手電筒，照著莉莉的眼睛。沒有反應。

「她失明了嗎？」

「對。腫瘤奪走她的視力，還有一切。」

她的另一隻手輕輕摸了腫瘤，接著慢慢地將莉莉的頭放回我腿上。

「她有癲癇。很嚴重的癲癇。我想還有痴呆。然後今天早上她看我的樣子好像她已經……不在了。」說完這些之後，開口說話變得非常困難，每說一個字都是一場硬仗。「我希望妳收下她。我希望妳收下她，治療她。我希望妳告訴我一切包在妳身上。一切都會沒事。然後……如果妳做不到，如果妳不能創造奇蹟，我希望妳告訴我，我的決定是對的。」

恐慌洶洶來襲。我感覺得到。對的決定。錯的決定。快樂的回憶。傷心的現實。好。壞。起。落。輸。贏。生。死。

醫生捧著莉莉的頭，蓋住她的耳朵。

「你不希望她受苦。」

不會有奇蹟。

不會有明天。

我點頭，彷彿我的頭幾十公斤重，甚至發出一些聲音。痛苦混著承認混著同意。

她又說了一次。「這麼做會減輕她的痛苦。」

我的眼前一片模糊。

我在水底。

「魚缸情願」翻覆了。

我被淹沒。

「會怎麼進行？」我已經知道我不想聽的答案。

「我會帶莉莉到另一個房間，在她的腿裝上導管，把藥注射到靜脈。有兩種藥。第一種會讓她失去意識。她會睡著，但還有生命。你可以跟她獨處一會兒，跟她道別。接著，你同意之後，我們就會注射第二種藥，讓心臟停止。我們注射第二種藥後，大約三十秒左右一切就會結束。」

「兩種藥。」我說。

那個女人伸手要抱莉莉，但我不放手。

「我們現在先找出靜脈，幫她裝上導管，好讓事情盡可能順利。」

她又伸手來抱莉莉，這一次我鬆開手。她保證馬上回來。

我獨自在房間裡，終於有辦法站起來。我走三圈，像莉莉躺下之前一樣，只是我沒有躺下，我的拳頭揍著大腿。

我需要感覺痛。身體上的痛。

我舉起手臂揍了金屬檢查台，想要破壞某樣東西。痛楚竄升到我的肩膀，感覺很好，好到我又揮了一次。

但我不需要破壞任何東西。

我的心已經夠碎了。

時間停止。

時間流逝。

那個女人回來，這次帶著一位助理。那位助理點點頭後，彷彿盡其所能地隱形。

獸醫把莉莉放在台上。她還包著我的毛毯，露出她的腿。我可以看見導管，用膠帶固定著。

我在莉莉面前蹲下，面對著她。

「嗨！猴子。嗨！小老鼠。」
我聽見莉莉深深的呼吸。
「風雨即將來臨。」我幫她提詞。
沉默。
沒有凱特．布蘭琪。沒有回應。她再也無法駕馭風雨。她內心再也沒有颶風。
莉莉還試著站起來，這時候，我真的認輸。
我們還是可以逃跑。我們可以離開這裡。我們可以選擇命運。
但那會是什麼樣的命運？
我不停吻著莉莉的臉。
「我們一起經歷過好多冒險。每一個我都愛。」
莉莉的頭垂下，我又吻了她。
助理扶著她的後腿，我扶著前腿。我對獸醫點頭。
「好。我要注射第一劑。麻醉藥。她會睡著。」
睡個好覺，我美麗的狗兒。
麻醉藥很快。
最初幾秒毫無反應。然後，莉莉感覺藥物流進身體，睜大了雙眼，接著眼皮沉重。
她眨了一次，或兩次眼睛。

她往左邊搖晃了一下。

我們慢慢把她放在檢查台上，她平靜地睡著了。

「你準備好的時候告訴我，我就會注射第二劑。」

「**等一下！**」我喝斥。

我還沒準備好。

喔，天哪，我做了什麼？

為什麼會這樣？

今天是星期四。

我和我的狗兒莉莉總是在星期四晚上討論我們覺得可愛的男生。我看著導管上的膠帶和固定的紗布。

拆了繃帶。快。這是唯一的辦法。

「好。」我感覺到這個字從我的嘴巴吐出來。

好。

我看著獸醫插入針筒，注射第二劑。然後那些冒險如潮水洶湧而來。

狗園。

鞋帶輕輕鬆開了。

現在！這！是！我的！家！

我們共度的第一天晚上。

在海灘奔跑。

莎蒂、蘇菲和蘇菲—蒂。

分享冰淇淋甜筒。

感恩節。

豆腐雞。

兜風。

歡笑。

眼睛雨。

雞肉米飯。

癱瘓。

手術。

聖誕節。

散步。

遛狗的公園。
追松鼠。
睡午覺。
撒嬌。
「魚廂情願」。
海上冒險。
溫柔的親親。
瘋狂的親親。
更多眼睛雨。
好多眼睛雨。
紅球。

獸醫拿起聽筒放在莉莉的胸口，尋找她的心跳。
所有的狗都會上天堂。
「妳的媽媽叫做維琪——噗。」我搓揉莉莉耳朵後面，像從前安撫她那樣。「去找她。」
媽的，心好痛。
我無法壓低音量。「她會照顧妳。」

我抬頭看著獸醫，哀求。幫我注射，也給我那個毒藥，至少讓我的心停止破碎。無論用什麼方法。拜託停一停。

莉莉走了。

過了十幾秒，那個獸醫移開聽筒。她不需要再說什麼。

「請節哀。」她把手放在我肩膀上，同時示意助理離開。「你慢慢來。」

我甚至沒注意到她們離開。

時間流逝。我不知道過了多久。我知道我和莉莉單獨在房間裡。我只知道這件事。我親吻她的鼻尖。

「天哪，請原諒我。」

我坐在地上，手抱著膝蓋，前後搖動。

莉莉的嘴巴露出一點舌頭。如此粉紅。如此靜止。沒有生命。

好多好多眼淚。我不記得這輩子曾經哭得這麼激烈。

弄錯了。一定是弄錯了。

我把手伸進毛毯底下，放在莉莉的胸口。她還是溫暖的，但她的胸口不再像她熟睡時那樣上下起伏。我的手放在那裡確認，過了一段時間，我也被迫承認，她的心跳停止了。

我低下頭啜泣，手足無措。我的大腦離開我的心，開始獨自思考。它想著我應該在這裡待多久，別人才不會覺得我很無情。它想著我應該不能待太久，別人才不會覺得我很奇怪。

它告訴我，記得這件事所有的細節，才能留下紀錄。所以我照做了。

時鐘。

白色的牆。毛毯。

冰冷的椅子和有輪子的凳子。

金屬檢查台。

地板有多硬。

我的臉有多僵。

莉莉。

她的舌頭。

那隻章魚。

那隻章魚！我看著那隻章魚，牠在那裡，八隻手垂下，眼睛翻過愚蠢的腦袋。

都是你害的。你大可以離開，但你沒有。我祝你下地獄。

沒有必要大聲說出來。牠聽不見。

那隻章魚也死了。

我把毛毯拉高，蓋住莉莉的頭，剛好把章魚遮起來，所以只有我和她，就像一直以來那樣。

「我會永遠愛妳。我剩下的生命，甚至我剩下的生命結束之後都是。」

再看最後一眼，我把毛毯拉高，把她完全蓋住。我花了足足一分鐘才站起來，但是站起來後，我走出房間，頭也不回，把門關上。

1 P.M.

我在車裡坐了很久，不知道該做什麼或去哪裡。最後，我拿出電話打給崔特。

「莉莉死了。」

「去我家。我現在就下班。」

不知如何，我還能開到崔特家。大學的時候，有一次我嚴重偏頭痛，卻必須從波士頓開回緬因，我到家的時候，完全不記得怎麼回去的。這次也是，只是偏頭痛變成心痛。

崔特在門口等我，把我拉進懷裡，我們都哭了，接著我說「藥丸」，他已經拿在手上了。我讓煩寧在我舌頭底下融化，接著蹲下拍拍維姬。可愛的，可愛的維姬。她只想玩，但我無法。

我自己拿了我送給崔特的生日禮物——俄羅斯伏特加，乾了兩杯。我們第一次發現這個伏特加是在一家叫做「紅色藥物」的餐廳。那家餐廳是我們發現的新式越南菜餐廳，洛杉磯時報還稱之為洛杉磯用餐場所的「壞男孩」，而伏特加一入口，就像店名一樣：藥物。我不知道是伏特加還是煩寧先發揮作用，但我的胸口重量鬆開，至少可以呼吸了。

崔特問我事情的經過，我盡可能告訴他，但能說的不多。維姬輕咬我的腳跟，但我無法丟出她想玩的繩子玩具，因為我的頭很暈。我癱在崔特的沙發上，他打開電視，我們坐在那裡，我們兩人都沒發現我睡著了。

2 P.M

「魚廂情願」在海面輕柔搖晃，規律的擺盪引誘我們進入催眠狀態。我們急著回家，我卻弄壞了引擎，所以現在我們漂流在寂靜之中，擁抱四周的美景。萬里無雲的天空和海水的藍色相襯，空氣輕柔，東昇的太陽照耀回家的金色大道。除了海水親吻船身的聲音，萬籟俱寂。我們停下之後，那隻章魚沉入海底。擺脫牠的屍體重量，船身上升到恰好的高度。我們感覺彷彿航向天堂，怎麼看都像電影《火爆浪子》裡面，最後桑迪和丹尼離開瑞迪爾高中後飛上的天空。

莉莉在我的身邊。

我見到她嚇一大跳，哭了起來。自從那隻章魚死了，她又回到她的老樣子，年輕時候的樣子——輕巧靈活。我雙手捧著她的頭，搔她耳朵背後，不斷說著「喔，我的寶貝」。

「幹嘛？」莉莉感到疑惑。

我說出唯一想得到的話。「妳在這裡。」

我把她抱起來，走出甲板室到船頭，靠在船的前方。

「很美，對吧？」

「對。」莉莉同意。

莉莉把前腳放在船緣，後腳站著，好看個清楚。她搖晃的尾巴和海水拍打的頻率一致，她心裡的節拍器調到慢速，於是我想起幸福的感覺。

我後退，靜靜欣賞。如果我能夠按下某個暫停時間的按鈕，永遠活在某個時刻，這一刻就是我的選擇。

東北方向吹來一陣涼風，莉莉的耳朵隨風揚起，停在半空中，像準備起飛的飛機。

「妳看到什麼？猴子？」

莉莉望著我們和海平面之間。眼前所見無不溫柔，感覺我們在飛，不是漂浮。

「全部。」

「我們現在要回家了。重新回到我們的生活。妳有什麼感覺？」

莉莉被太陽在海面的倒影震懾，保持沉默。我等她回答。

「小狗？」

莉莉像是對我點點頭，但還是沒有回答我，我頓時感到奇怪。我的問題彷彿歪斜掛在半空中，令人不舒服，像沒有回答的「我愛你」。她為什麼沒有準備回到我們的生活？回到我們過去安穩的兩人世界？難道她知道岸上有什麼不愉快的事情等著我們？

忽然之間，紅球從天而降，落在甲板上，發出震耳的巨響。我和莉莉同時嚇得跳起來。

紅球彈得老高，呈現弧形，再次落在甲板室附近，咚咚往船尾彈跳，幅度漸小。紅球彈出船邊，差一點掉進原本拖著章魚的海面，莉莉衝向前咬住紅球。她驕傲地帶著紅球跑回船頭，在我的腳邊玩。

這下清楚了，她分心的原因——每次察覺紅球在附近的時候，她就不理我。我這下總算安心，看著她玩，生活漸漸趨向正常。完美的一刻，平靜與生活、美麗與和諧、獨處與陪伴，完美的結合。紅球穩穩滑過「魚廂情願」的甲板，莉莉不費力地追著，我從未感到如此寧靜。

卻不長久。

我從眼角發現天空有一道火焰，像彗星，加速衝向我們。

「什麼東……」我仔細一看，彗星越來越近。

第二顆紅球「砰」一聲落在甲板上，在我們面前彈得老高。莉莉轉身看著紅球彈跳，不知所措。她看著腳邊已經追到的紅球，又看著另一顆停在船尾的紅球。

我看著莉莉困惑的表情，此時第三、第四顆紅球從天而降。一片陰影籠罩船的上方，我們同時看著天空，上百顆紅球遮住太陽，像豪雨一樣加速墜落，發出轟隆巨響。莉莉嚇得呆若木雞，我也是。她可能夢過這樣的場景，但實際發生其實很恐怖。

我們跌跌撞撞奔向甲板室尋求掩護，但紅球下得太急，莉莉立刻淹沒在一堆橡膠之中。我奮力挖著，想救出球海中的她，但球迅速堆積。掉進海中的球濺起大片水花，海水潑在我的臉上。我發狂想把眼睛裡的鹽水抹掉，但球已經堆高到我的胸口，我不能呼吸。我記得最後我大叫「莉莉！」，然後一片漆黑。

3 P.M.

崔特的手放在我肩膀，我看著他。沒有痛楚，只看到我的朋友。剎那間我以為沒事，但一切隨即如排山倒海而來，就像某人雙手握著我的心臟並且擠壓。

「你剛才尖叫。」他說。

「是嗎？」是的。

「是。」

電視還在播送，崔特在看《勝利之光》（*Friday Night Lights*）。我超愛《勝利之光》，一直要他看，慫恿他好幾年，因為他從德州來，也喜歡美式足球。我從緬因來，而且討厭美式足球，但我還是愛那個影集。我們一起靜靜看著。影集很棒，而且藥物還在作用，部分的我被帶到德州西部——但只是一小部分。太多痛楚把我壓制在崔特的沙發上。

第一集的尾聲，當四分衛傑森．史翠倒下，教練泰勒說出招牌台詞，內容關於生命非常脆弱，關於我們都非常脆弱。關於我們人生某個時候都會倒下。「我們都會倒下。」

我從沒踢過美式足球或玩過任何團體運動，未曾聽過教練中場訓話。我從沒待在一個房間，準備和隊友重整旗鼓，力挽狂瀾。但聽到教練泰勒說話，我撐起手肘。如今我四十二歲，生命的中場，而我這一隊要輸了。我從沒比此刻更需要這種訓話。

他繼續說著我們擁有的一切都會被奪走，就連非我們莫屬的也是。而被奪走的時候，就是我們的考驗。

我被這段話吸引，即使我以前就聽過了，我買的甚至是藍光光碟。我重新仔細聽著。正是這般痛楚考驗我們。既然我正經歷這樣的痛楚，失去摯愛的痛楚，我檢視內心，卻不喜歡我所看見的：一個破碎又孤單的男人。我想著莉莉和我共度的時光，只有我們兩人的時光，可愛的男孩們，地產大亨，電影，披薩之夜——接著我心想，這些有多真實。狗不吃披薩；狗不會玩地產大亨。某個程度我是知道的，但一切卻如此真實。之中有多少是費心打造，好掩飾我自己的孤單？之中有多少是說服自己，真實生活中的努力——心理治療、約會——不只是努力？

從某個時候、某個地方開始，我停止真正活著，我停止認真嘗試。而我不懂為什麼。我明明已經做了所有正確的事情。我有莉莉。我有傑佛瑞。我有家人。

然後我不再活著。

我不懂我的生活怎麼變得如此空洞，為什麼那隻章魚會來，為什麼每個人終究會離開。

4 P.M.

崔特叫了披薩，送來的時候我試著吃，但第一口就反胃，我差點吐了，但我克服那種感覺，努力吞下。紅椒、蕃茄、橄欖、乳酪，混著衝上喉嚨的膽汁，難吃極了。即使如此我還是吃。每咬一口，胃就會猛烈地抽痛，想不到抽痛竟蓋過我的心痛。面前的茶几有三瓶墨西哥啤酒空瓶，我不記得喝了啤酒。我看著崔特，看得出來他很高興我在進食。我猜某人在他的沙發上過量攝取酒精和藥物（如果一顆煩寧、兩杯伏特加、三瓶啤酒算是過量），不是他樂見的。

「披薩好吃嗎？」他問。

我舉起一片，彷彿在敬酒。

為什麼我沒有逃跑？為什麼我沒有掏起毛毯裡的莉莉接著帶她回家？如果我當時那麼做，我們現在就會在這裡，在一起。這是我無法從腦海抹去的問題。為什麼？我沒有？逃跑？

維姬滿心期盼，飢腸轆轆坐在崔特面前，而我又忘了狗兒到底吃不吃披薩。

「我不知道輪到維姬的時候，我會怎樣。」崔特說。我知道他這麼說是因為他現在也為我的事情心痛，並想像未來他自己的心痛，試著瞭解。加上在悲傷面前，我們都不知道該說什麼。我很感謝，真的。但還不到維姬的時候，她還在這裡，毫髮無傷，活蹦亂跳。況且他有麥特，我有什麼？

希望別人也痛失摯愛的想法並不公平，況且我不希望他失去維姬。我也不希望他失去麥特。我愛我的朋友，我希望他幸福。所以我只是說說我的領悟，並沒有要討個公平。希望別人也失去的想法不公平，單純就是不公平。世界原本如此。沒人可以分擔。沒人保證人人都會一樣痛苦。

我們一起經歷過好多冒險。每一個我都愛。

經歷過。

過去式。

莉莉眼皮沉重時知道這件事嗎？知道冒險結束了嗎？或者她以為愛睏的感覺表示可以好好休息，然後迎接全新的冒險？是刺激的還是可怕的？或者她完全沒頭緒。

我想起卡爾，於是搓搓手臂上的刺青。**死亡是偉大的冒險**。但是不對。生命才是真正的冒險。內心有陣颶風才是真正的冒險。然而我想起的不是凱特·布蘭琪飾演的伊莉莎白女王，而是梅爾·吉伯遜飾演的威廉·華萊士[20]。每個人都會死。並非每個人都真正活著。然

20 譯注：指的是一九九五年的電影《英雄本色》（Braveheart），描寫爭取蘇格蘭獨立的民族英雄威廉·華萊士。

後又想到梅爾．吉伯遜在《綁票通緝令》裡面的台詞：「**還我兒子來！**」

披薩讓我無精打采，我又再次躺下。我略略感覺崔特收走我的盤子，以免維姬吃掉我剩下的餅皮。我父親總說那是披薩的骨頭。

骨頭。

遺體。

塵歸塵。

土歸土。

我試著集中精神，回到「魚厢情願」，回到莉莉身邊，把她從紅球的流星風暴中拯救出來。這一次我會更努力游向她，救她。我會抓起她然後快跑。事實上我們在船上，被海水圍繞，無處可逃，但我不管。這一次我們會飛快地跑。

只是睡著之後，我沒有夢見莉莉。

5 P.M.

「這些是什麼？」崔特拿著一些小冊子。

「我不知道。」我坐起來，靠在幾個枕頭上。我以前沒看過那些東西。那些小冊子。房間微微地旋轉，電視還在播著《勝利之光》。這次我不需要別人提醒，醒來就知道發生過什麼事。

崔特翻閱，接著說：「喔。」他把手冊放在茶几。

「什麼？」

「沒事。你晚一點再看這些。」

我伸手向前，腹部卻像運動過度那樣疼痛，但我想不起來上次去健身房是什麼時候。好幾個禮拜之前吧？我拿起小冊子立刻後悔。寵物喪葬。**寵物火化**。**寵物墓園**。那些字在我面前跳出來，攻擊我的眼睛。**莊嚴處理**。**個別火化**。**選擇骨灰罈**。**喪慟諮詢**。**品質優良**。**貼心**服務。每個字都椎心刺骨。

崔特從我手上拿走。

「你從哪裡拿到這些的？」我問——質問。

「就放在桌上。」

一定是某人在我離開動物醫院之前塞進我手裡，但我完全沒印象。我開車來這裡的時候也抓著嗎？我記不得。

「我把手冊和信放在這裡。」

「還有信？」

「你可以晚點再看。不需要現在就看。」

您好，

我們終於克服萬難除去那隻章魚。您的愛犬很好。請儘速前來接她。她很期待見到您！

順頌

崇祺

動物醫院　謹上

「上面寫什麼。」我不是提問；這是要他告訴我的命令。不用晚點再看，我要知道，我現在就要知道那封信寫什麼。

崔特嘆氣。信折成三折，他打開信，快速掃瞄到尾端。「星期一之前，你要決定莉莉的事。」他把選項念給我聽。如果是個別火化，我可以買一個骨灰罈，帶她回家。如果選擇集體火化，他們會幫我處理骨灰。還有其他葬禮套裝服務，其中包括「珍貴的腳掌拓印紀念」。

這些全都在測試我的信仰。我不相信上帝；我不相信來生。我確實相信活著就會死。我確實相信死亡是永恆的虛無。我確實相信身體只是軀殼。我確實相信莉莉不在了。不需要決定莉莉的事，莉莉不在了。要決定的是她的身體。

這些選項都不會嚇到我。

不會嗎？

我不需要莉莉的遺體才能記得她。

我不需要骨灰罈才會記得她的愛。

我不需要珍貴的腳掌拓印紀念來提醒我生命既脆弱又短暫。

難道我其實需要？我需要這些才知道我愛她？我需要這些才知道她愛我？從現在開始，我可以接受不知道她的身體在哪裡這件事嗎？

停止時鐘，切斷電話；給狗兒骨頭，不讓牠吠叫。

我忽然想到。

莉莉的身體在某個冷凍庫中，和其他不幸的狗兒靠在一起。這樣牠們才能製作珍貴的腳掌拓印紀念。

崔特把那些小手冊和我的鑰匙放在餐桌。

我不需要現在看。

9 P.M.

我的電話響了，是傑佛瑞，但我不想接。上車之前，我傳簡訊給他：**莉莉走了。我陪著她到最後。我還不太能談這件事，但我想應該要通知你。**然後是第二通：**謝謝你在她的生命中占有一席之地。**

我還不太能談這件事。

我的電話在響。

是傑佛瑞。

我雙手抓著方向盤，專心開在眼前的高速公路上。我回想我們的關係，儘管我曾經表明，**有些事情，你一旦做，就會傷害我**，但他可怕的本領就是會去做。比如說，**我現在還不能談這件事情**，談這件事情會讓我心痛。所以如果你是傑佛瑞會怎麼做？你會打電話來談。

我決定不和他說話，要讓電話轉進語音信箱，而且知道我八成永遠不會去聽留言，此時我的手指卻背叛我，接起電話。

「嗨。」

「嗨。」我好久沒有聽到這個聲音，聽起來既熟悉又陌生。「你在開車？」

「回家，從崔特家。」

「我覺得你不該單獨開車回家。」

我用的是車上的藍牙，我們分手之後裝的。他的聲音從喇叭播放出來，環繞四周，把我包圍。有點……恐怖。過了一段又長又空洞的沉默，我開口：「謝謝。」然後：「你在哪裡？」

「我在家。」

我笑了。

「有什麼好笑？」

有什麼好笑？「我現在連你家在哪裡都不知道。」我怎麼可能不知道他住在哪裡？我可以想像他的東西，曾經是我們的東西。但我不能想像那些東西所在的環境或空間。

「你要……像是，地址嗎？」

我忽然緊張起來，深怕他邀請我去。「沒關係，我在開車。」

沉默。

「她是個好女孩。」

另一段長長的沉默。

「最好的。」我同意。

我開過凡蘭、溫圖拉、藍克遜的出口，我們才又繼續說話。

「我們當時怎麼了？」傑佛瑞問。

這是坦白恰當的時機嗎？我沒什麼好保留的。「你沒做到我需要的忠實。」

傑佛瑞吞了一口。

「你從來沒有全心投入。」他的語氣沒有憤怒或報復。我們只是說出事實。

環球影城主題樂園的煙火迸發，餘暉落在高速公路上。就像我們現在講的話，是以前衝突爆炸的殘渣。

「我知道。」那個部分我認帳。

又一段沉默。

「我們有過一段好日子。」傑佛瑞說。

「我也這麼認為。」

我把車子靠右，準備在高地的出口下高速公路，我告訴傑佛瑞我要掛斷了。

「好好保重，泰德。」我聽得出來，他說這句話的語氣，這是我們最後一次說話。

「你也是，傑佛瑞。」我們稱呼對方的名字，感覺很奇怪——不太熟悉的人才會互相稱呼名字。我的手指停在半空動彈不得，幾秒鐘後，我掛上電話。泰德與傑佛瑞。我們又是陌生人了。

我打開天窗，打開收音機，傳來賽門和葛芬柯的〈西西莉亞〉，但在我的腦子裡，「西西莉亞」聽起來太像「莉莉」。於是我轉到別台，別台的意思就是空白，我不知道是什麼台。某個憤世嫉俗的台。

把車停進我家是個再尋常不過的動作，我幾乎以為一整天什麼也沒發生。我納悶我在崔特家做什麼；我納悶傑佛瑞為什麼打電話來。莉莉很好。她在廚房的床上睡覺，等我回家。我進門後，她也許得花上一分鐘起床。這幾年她根本沒在看門。但她會起床，我一走進家門她就會起床。

只要我坐在車裡，這就是真的。

一旦我走進家門，就不是了。

只要我坐在車裡，這就是真的。

我已經知道——我真的會鼓起勇氣走進去，站在漆黑之中，不願開燈，不願做任何事情粉碎我的幻覺。然後，當黑暗洶洶來襲，我輕喚。

「莉莉？」

寂靜。

當然不會有回音。

我下車。

11 P.M.

冷凍櫃有一支伏特加的空瓶，我不知道為什麼會在那裡，為什麼不是滿的。我把空瓶丟進資源回收桶，接著從櫥櫃拿出沒開過的伏特加，還有冰箱裡剩下的啤酒，通通倒進水槽裡。之後，我開始艱鉅的任務，把莉莉的床放進衣櫃，眼不見為淨。我把腳掌圖案的毛毯拿起來貼在臉上，深深吸氣，然後摺好，放在洗衣籃上面。我把她吃飯喝水的碗從地板拿起來。我甚至沒有洗，直接清空收進抽屜。她的飯碗底下有一粒流落在外的乾狗糧。

未完的事業。

我的床鋪沒有整理，中間鋪著數條毛巾，是莉莉昨晚睡覺的地方。我把床鋪清空，在毛巾底下發現一個展開的垃圾袋，墊在床單上。我不記得把垃圾袋放在那裡，連什麼時候有此念頭都不記得。即使床墊是乾的，我仍把床墊翻面，換上新的床單。

慢慢地，我擦掉那天發生的事。

我洗了熱水澡，站在蓮蓬頭底下很久。我知道我正把她從我身上洗去，帶走我們最後觸碰的痕跡。我關掉冷水，直到熱水燙傷身體，而當我再也無法忍受疼痛，才把冷水打開。

我從浴室走出來的時候，甚至忘了擦乾身體，只是站在窗邊，在七月厚重的空氣中望著漆黑的後院。明天是星期五——珍妮的治療。我要如何跟她說這件事？

星期五我們玩地產大亨。

我在地板上找到一件四角褲，倒向沙發，打開電視。我低頭看著我的腿，打開的雙腿之間正好是莉莉的窩，她每次都會走進來，轉三圈，下巴靠在我的膝蓋彎曲處，然後睡著。我現在的坐姿變成這樣，我以前從來不會這樣坐。莉莉徹底改變了我。

提前哀悼的意義是什麼？我要問珍妮這個問題。如果意義在於減輕我此刻的悲傷——揉捏悲傷，鋪成薄薄的一片，變成可以承受的程度——那麼提前哀悼徹底失敗。如果我幾個星期前就開始疏遠這一切，難道今天不該輕鬆地完全放下嗎？

有兩種藥。

我想要回到這兩種藥中間的時間。第一劑之後，她不再感到痛，就像躺在空中平靜飄浮的雲朵，深沉地入睡。第二劑之前，她的心臟還在跳，她的胸口還在起伏，那一點小小的粉紅色舌頭還安全地在嘴巴裡面。

午夜入侵，而我想停下時鐘。明天將是看不到莉莉的第一天。逃跑的欲望如排山倒海。

那隻章魚來的時候我不在。一直以來，我都覺得罪過，責怪自己，但我忽然藉由對莉莉的氣惱克服這種感覺。她以前會對郵差吠叫，對風吠叫，對每一台經過的車吠叫。她以前會衝到門口嚇跑可能的入侵者。她打直滑稽的身體，準備開戰；鼻子猛聞木頭的百葉窗，偵測危險；她甚至對大型犬吠叫。不管我什麼時候回家，她以前會跑來迎接，她以前會勤勞地尋找夜裡的碰撞聲。然而歲月無聲無息，她老了。她越來越老，聽覺障礙，可能是懶惰或受損。不管原因是什麼，她鬆懈防備。她沒能保護我們。

這就是那隻章魚來的時候。

她才該覺得罪過。

她才該為此負責。

又或者那隻章魚欺騙她臣服。牠就是那麼狡詐。牠可能有備而來，來的時候毫無預警。畢竟，那隻章魚，是偽裝高手。

我完全無法把怒氣指向誰。

為什麼我以為我們會永遠在一起？莉莉從沒那樣承諾。狗活得不比人類久。理智上，我是知道的。但想到有一天我們會分開，就會把那天在一起的快樂收走。一起在沙灘的一天。一起午睡和散步的一天。一起追松鼠的一天。

我的身體要求我的心休息。不知道為什麼，我的眼皮沉重，卻抗拒入睡。也許我害怕回到「魚廂情願」上，因為現在的我知道結局不如我預期。我知道這段旅行沒有帶我們回家。

我終於不再翻來覆去，反而起身，漫無目的在屋裡遊蕩，把所有的燈都關上。

當我走到廚房，發現紅球在亞麻地板上瞪著我，我的眼眶又濕了。我彎腰去撿。紅球不可能固定在地板，像劍插入石頭那樣。如同亞瑟王，撿起紅球得花上一段時間，但我撿到了，把球放進抽屜，和她的食物一起。
我關掉廚房的燈。
她的實歲是十二歲半，相當於八十七歲。
我四十二歲，相當於兩百九十四歲。
我們幸福地在一起十二年，就是八十四年。
那是一輩子，即使狗兒的一年過得太快。
評價一顆心，不在於你愛別人多少，而在別人愛你多少。
有兩種藥，第二種會讓心臟停止。

晚安，我可愛的小狗。
晚安，猴子。
晚安，笨鵝。
晚安，小老鼠。
晚安，豆豆。
晚安，莉莉。

我很愛、很愛、很愛妳。

Part 8

三顆心

八月

我已經停好車，才想到我不確定我們約的是哪一間星巴克。還差兩分鐘就是三點，也就是我們約定的時間，所以我乾脆希望我們約的是比較近的那間，雖然另一間比較適合第一次約會。在那裡，至少可以坐在戶外。同一個地方怎麼會有兩間星巴克？一家在邦諾書店裡，原來如此。我快速傳簡訊給他：**書店的星巴克**，同時往兩間星巴克的方向前進。他的回覆是：**你覺得優格冰淇淋好嗎？**我回答：**好**，於是前往較遠的星巴克，那間離優格冰淇淋比較近。雖然現在約會地點變得複雜無比。

莉莉死去一個月了。

直到今天，我都還好。我接受我媽的提議回家。我配合梅莉迪斯的時間，一起享受緬因慵懶的夏天，而且我若不想說話或不想笑，也不會有人逼我。回來後，我讓自己忙於其他事情──工作、運動（跑了很多路──逃到哪裡？逃避什麼？）、和朋友敘舊。約會──勉強算是。有幾次約會，都是第一次，沒有第二次──我自己沒有特別的興趣。（約在下午，全部都是，這樣我不喝酒也不奇怪。）我說這些意思不是沒有憂鬱的時候，不是沒有加倍寂寞的夜晚，不是沒有午夜夢魘，但我努力撐過，繼續生活。重新融入世界好像很重要——我已經脫節太久。

今天我一直心神不寧，今天是莉莉走後一個月，但我沒料到自己如此鎮定。我當時可能知道自己需要找事情分心，所以才安排這個約會。倒不是我不喜歡他的照片，也不是email沒有火花。我想我被他的名字吸引：拜倫。一個詩人的名字。真浪漫。我最近讀了不少拜倫的詩；他有隻紐芬蘭犬，名叫波次溫，是他著名詩作〈愛犬墓誌銘〉（*Epitaph to a Dog*）的靈感來源：這兒常住一尊遺骸，美麗之中不見虛華，勇氣之中不見魯莽，強壯之中不見兇殘，擁有人的一切美德，不見其陋習。波次溫，感覺很像莉莉。

我的約會對象名叫拜倫，好像是一種預兆。他瞭解我和我深處的痛。他聊詩，聊真情流露的文章，而不是枯燥乏味的陳腔濫調。但當我走向靠近優格冰淇淋的星巴克時，並不知道自己在做什麼。

活著吧，我想。呼吸。我似乎已經準備要再度活著、再次呼吸，不只是反射動作，而是真正地努力。

我穿越加州有名的農夫市集（其實比較像戶外美食廣場），現在我已經遲到幾分鐘，而且這個地方人山人海，我還是不確定要在哪裡碰面。我低頭，發現自己穿著黃色的褲子——黃色的褲子，真的假的？有時候我也不知道自己在想什麼。褲子捲到小腿肚，搭配海軍藍的POLO衫，感覺我剛刷完遊艇，看起來就像個痞子。我考慮取消約會，或延期，讓我回家換件衣服，但想到麻煩的程度只好打消念頭，而且這個約會主要是為了分心。我繞到最後一個攤位（賣巨無霸茄子，比較像圓形而不是橢圓），看見他隨性地靠在牆上，我的內心某處說，你來了。

你來了。

我不懂，不懂那幾個字，因為那些字太深刻，充滿靈魂，難以和農夫市集、星巴克、優格冰淇淋店，還有不知去哪見一個陌生人……等等聯想在一起。這三個字的定義是流通全身的舒暢感受，就像最炎熱的夏天在頭頂爆開的水球。我的膝蓋不彎曲，我的心臟不錯拍，我被有如煩寧般溫暖的擁抱圍繞，只差我沒有服用煩寧。莉莉走的那晚之後就停了。如今在這裡，因為這個溫暖的擁抱，我和這個人在一起，感覺安心，這個人可能是詩人拜倫。然而我希望這種感覺停止——不管是什麼感覺。這種不可能為真的感覺。這種不可能為真的關連。這只是一個男人靠在巨無霸茄子的攤位。但我沒有時間煩惱這是什麼感覺，應不應該在這裡，應不應該穿黃色褲子，因為是我發現他而他沒看見我，如此完美的時刻大約只有三秒。完美的三秒，享受著離我遠去已久的平靜。

你來了。

他不經意抬起頭，轉身面向我，一隻腳推開靠牆的身體。我們四目相接，他微笑與我相認，他臉上的友善令人失去防備，忽然間，我已站在他面前。

「你來了。」我來不及阻止，這句話就脫口而出。我所能做的僅是把這幾個字說得輕鬆隨性，他才不會感受這幾個字對我的意義。我想聽起來還可以，但是，根據我在海上的經驗，有時候大船轉得慢。

拜倫笑了，稍微舉起拳頭。「沒錯！這！全都！為！我們！而發生！」

我想停止動作，但我已經傾斜身軀準備擁抱，他迎上前，方才看見他站在那裡而感受的擁抱變成真正的擁抱，而且同樣真誠。

他一定察覺我擁抱的力道，因為他問：「沒事吧？」

「沒事，沒錯。一切都很好。只是……」我在心中重播他剛才說的話，他說話的方式，還有一個月前靜止的熱情。「你讓我想起某個人。」

「希望是好的。」

我笑了，但我花了一分鐘才開口：「最好的。」

我沒有主動擁抱，但也許是同時。這是進步。珍妮會很驕傲。我看著他的眼睛，我希望像莉莉一樣是棕色，結果像緩緩拍打「魚廂情願」船頭的海水，是深藍色。

「優格冰淇淋好嗎？」

「優格冰淇淋非常好。」

我們各自捧著優格面對面坐著，八月的太陽底下，這個選擇優於咖啡。他的是原味，我的是石榴。我很驚訝，他看起來完全像他的照片，又完全不像他的照片。舉手投足、頷首微笑的他，比一張靜止不動的照片英俊得太多。我們聊了第一次約會普遍的話題，接著我說了一件關於自己的事，雖然說出來還好，但我說完後告訴自己住嘴。

這個人值得我來。

他來自紐奧良。他曾在拉斯維加斯當過電視新聞記者。我很難想像，因為他的鬈髮在風中飛揚，他看起來似乎像個詩人，他的名字也是，一點都不像電視新聞記者，至少不像任何我見過的。他也是個舅舅，和我一樣。他和媽媽比較親，和爸爸不親。惠妮．休斯頓去世他很難過。

他愛狗。

「你談過戀愛嗎？」拜倫問。

我暫停，想起莉莉，即使我知道他的意思不是這樣。我回答有，因為即使沒有莉莉，還是有。我甚至想要掩飾我的傷痛。「你呢？」

他怯懦地低下頭。「我不覺得。」然後他加了一句充滿希望的「還沒」。

我看得出他臉上有種經歷很多這種……約會……的表情，而我佩服他還能保持希望。

「你的上一段戀情多久？」他問。

「六年。」

「為什麼結束？」

我不語。

「我的意思是，如果你不介意我問。」

「我不介意。」我說：「我提的。」

「為什麼？」接著他笑了。「我總是很直接。」

我看著他，思忖幾種可能的答案，最後決定，直接回答問題，最好就是直接地回答。

「因為我覺得我值得更好的對待。」

「說！得！好！」

我環顧四周，心想是不是哪個殘酷的人在惡作劇。說不定我會看到那隻章魚化作人形，坐在前面數過去第五張桌子。但那隻章魚死了，我是知道的。而且我不覺得這是惡作劇——我想這個人真的就是這樣。

「你什麼時候知道感情結束了？」他問。

「大選之前，加州舉行婚姻平權投票，他提到我們去結婚。一想到要把我的生命和他綁在一起，我幾乎考慮投票反對同志婚姻，甚至否決所有加州同志的基本公民權，只為了避免在家遇到這種尷尬的話題。」

拜倫笑了。

「我想就是從那時候開始，我知道結束了。」我把手放在他的上臂。我不知道為什麼這麼做——而且不是非常自然，雖然也不至於不自然——除了我真的很想摸他的皮膚。他的皮膚光滑，有一點日曬的顏色，而且感覺像夏天——熟悉、溫暖，感覺良好。像我登上「魚廂情願」頭幾天的狀況，在我的皮膚乾燥、曬傷、脫皮之前。「那天之後過了三年，我們就分手了。」我往後靠在椅子上，露出頑皮的笑容。感情的事情很複雜，有時候難以對外人解釋。「真不敢相信我就這樣告訴你。」

「**是啊！你！正！盡情！活著！**」

第三次。不是我想像的。

你來了。

這次我的心跳沒有錯拍。我低頭看著他的手臂，我們仍然碰觸著，他沒有縮手或後退。我的周圍——紅色的塑膠桌面、粉紅色的優格、蔚藍的天空、市集裡的綠色蔬菜——隨著雲朵背後若隱若現的太陽，全都變成生動的特藝七彩。我正盡情活著。

「一切誠實。」拜倫舉起手上的優格杯，做出類似敬酒的手勢。

我把手從他溫暖的手臂移開。我一收手，立刻想念他的溫暖。**一切誠實**。我應該把手放回去。那正是手想待著的地方。那是莉莉教我的一課。活在當下，直接表達情感。

我忽然發現我都沒說話。「你知道章魚有三顆心臟嗎？」這句話一從我口中迸出來，我發現自己像電影《征服情海》裡頭那個小孩。**你知道人的頭有三．六公斤嗎**？我希望我的問題聽起來有那麼點可愛。

「不知道。」拜倫的眼光閃爍，彷彿好奇——至少我希望是那樣，但即使不是，我也想繼續講下去。

「真的。一顆心臟是循環心臟，像我們心臟的左邊，把血液運送到身體。另外兩個較小的心臟在鰓附近，功能像我們心臟的右邊，把血液打回來。」

「你為什麼會想到這個？」

我笑了。對於初次約會，這也許是極不恰當的話題，但至少說的時候不會感到無聊。我抬頭看著迷人的八月天，經過的噴射機留下一道氣流，還有地平面上一朵隱約像隻臘腸犬的雲。我不相信命運。我不相信一見鍾情。我不相信天使。我不相信天堂，不相信我們深愛的人在天堂看著我們。但太陽多麼溫暖，微風多麼沁涼，完美的同伴，迷人至極的午後，很難不聽見莉莉的聲音在輕盈的風裡舞動。

傷心！一個！月！夠！久！了！

我想反駁莉莉——一個月還不夠久。但在狗的歲月裡，等於七個月，超過兩百天。但那都不重要，對她來說我的悲傷超過一天都是太多。我拿起湯匙，在見底的優格杯旋轉，又想起更多拜倫的詩。**但可憐的狗兒，生命中最堅貞的朋友，首先歡迎我，勇敢捍衛我**。我反覆將融化的石榴優格往杯子的同一邊刮。

「我前陣子失去一位和我很親的人。」我又刮了幾下後，放下湯匙，把注意力全部轉到拜倫身上。「我不知道。我覺得她今天就在這裡。和我們一起。你、我、她——三顆心，像一隻章魚。」我聳肩。

如果我是他，我早就跑了。多麼恐怖又荒謬的事情。我會馬不停蹄快跑，跑回家裡，躲在床上，抱著一桶冰淇淋，刪掉所有約會網站的個人檔案。

也許因為沒有事先排演。也許因為真誠，所以說出來很奇怪。也許因為對的人終於出現。拜倫站起來，伸出他的手。

「我們散散步，你可以告訴我關於她的事。」

鞋帶輕輕鬆開了。

我花了一分鐘考慮我做不做得到，然後決定我可以，接著把我們的優格杯丟掉，握住他的手，他的手柔軟溫暖，而且沒有尷尬的摸索，我們的手像磁鐵一樣一拍即合，彷彿我們一直都牽著手。於是我們又碰觸了。

「我們可以在前面買點喝的。」我提議。

「冰茶好嗎？」拜倫問。「我不太喝酒。」

他並不知道其實這樣非常完美。「冰茶很好。」

拜倫笑了。他的眼睛還是藍色，這次像天空的藍色。有臘腸犬雲朵的天空。我想起那天在「魚廂情願」，在美麗的夕陽下，我怯懦地向莉莉坦承我想再愛一次。這些沉重的話帶著罪惡感從我口中說出來，因為到那個時候莉莉已經不在了。而我卻記得她只是簡單的回應我。

「你會的。」莉莉說。

我們開始散步。我開始說話。

「我們在鄉下的狗園相遇，當時她只有十二週大。她很溫柔，也很善良，那裡的女士說她是最瘦小的。她爸爸叫做凱薩，她媽媽叫做維琪—噗。」

拜倫緊握我的手兩次，帶著喜悅。

我開始說莉莉的故事。

開始！說！我的！故事！

致謝

我知道幾乎每個人都認為他們的狗是世界上最棒的狗，因此我難以說服眾人莉莉是有史以來最棒的狗。她從沒把誰從火場救出來，她從沒和我分開太遠，遠到必須千里跋涉，然後奇蹟般生還，而且光是有人滑板經過門外，她就嚇得不敢出門。儘管如此，所有關於耐心、善良、堅強與無條件的愛，都是她教我的。因為這樣，我永遠承蒙她的恩惠。莉莉，對我而言，妳是最棒的。

首先，謝謝Rob Weisbach，經紀人、發言人、夢想家，也是珍貴的朋友。雖然我是金牛座，你從不羞於表達對這本書的熱情和奉獻，樸實的小書才能如此成功。

我的編輯Karyn Marcus，她還不清楚這本書是什麼就先愛上了。我們一起歡笑，一起用功，一起拖稿，一起慶祝，一起哭，一起看Youtube上面的凱特．布蘭琪——並肩攜手，讓這本書越來越好。

我應該直接列印Simon & Schuster's出版社的員工名錄，這裡的每個人都加班工作，出版社就像家一樣。我特別謝謝Marysue Rucci接受新手作家，謝謝辛苦的Carolyn Reidy、

Jonathan Karp、Richard Rhorer、Wendy Sheanin、Cary Goldstein、Marie Florio、Megan Hogan、Julia Prosser、Stephen Bedford，讓我覺得自己是團隊的一分子。

如果這本書有個童話故事裡的神仙教母，她就是Molly Lindley Pisani。Molly，妳的貢獻不勝枚舉，恐怕無法在這裡一一條列，但我永遠不會忘記。是妳施展了魔法。Bibbidi、bobbidi……書！

謝謝讀過早期手稿，提供寶貴意見的人：Trent Vernon、Wende Crowley、Katherine Lippa、Marcy Natkin、Susan Wiernusz、Laura Rowley、Brianna Sinon Rowley、April Wexler、Travis McCann、Lindsey McCann、Jill Bernstein、Kristin Peterson。還有，這本書的眾多好友：Derrick Abrenica、Sven Davison、Malina Saval、Harlan Gulko、Sam Rowley、Evan Roberts、Cara Hancock Slifka、Steve Lekowicz、Ryan Quinn、Kyle Cummings、Elissa Dauria、Barry Babok。

我這輩子，我的父母Norman Rowley和Barbara Sonia，給我全然的支持、鼓勵、熱情與愛。儘管書不容易讀，他們仍然捍衛這本書，接納它的古怪。我謝謝你們兩位。Tilda，妳的上一任很出色，妳要更加把勁，謝謝妳忠於自我。

Evelyn、Emmett、Harper、Elias、Graham，當你們的舅舅帶給我莫大的快樂。千萬不要不喜歡讀書，書會帶你們到任何地方。

最後，由衷感謝Byron Lane，他讀了一篇名為〈章魚〉的短篇故事後對我說：「我超愛的！快去寫第二章。」你是我的第一位也是最後一位讀者。你的洞見、熱情、誠實，你熱心地在空白處註解，你拼命的幹勁為這本書注入生命。莉莉教我所有關於愛的事情，我希望能用這一輩子與你一起實踐。

藍小說 270

莉莉和她的王冠

作　者—史蒂芬・羅利
譯　者—胡訢諄
主　編—嘉世強
企劃經理—何靜婷
插　畫—徐世賢
封面設計—白日設計
內頁排版—極翔企業有限公司
董事長
總經理—趙政岷
出版者—時報文化出版企業股份有限公司
10803台北市和平西路三段二四〇號三樓
發行專線—（〇二）二三〇六—六八四二
讀者服務專線—〇八〇〇—二三一—七〇五
（〇二）二三〇四—七一〇三
讀者服務傳真—（〇二）二三〇四—六八五八
郵撥—一九三四四七二四時報文化出版公司
信箱—台北郵政七九～九九信箱
時報悅讀網—http://www.readingtimes.com.tw
電子郵件信箱—liter@readingtimes.com.tw
法律顧問—理律法律事務所　陳長文律師、李念祖律師
印　刷—勁達印刷有限公司
初版一刷—二〇一七年十月二十七日
定　價—新台幣三六〇元
（缺頁或破損的書，請寄回更換）

時報文化出版公司成立於一九七五年，
並於一九九九年股票上櫃公開發行，於二〇〇八年脫離中時集團非屬旺中，
以「尊重智慧與創意的文化事業」為信念。

國家圖書館出版品預行編目（CIP）資料

莉莉和她的王冠 / 史蒂芬・羅利（Steven Rowley）著；胡訢諄譯 . –
初版 . – 臺北市：時報文化, 2017.10
面；　公分 . –（藍小說；270）
譯自：Lily and the Octopus
ISBN 978-957-13-7181-8

874.57　　106018139

ISBN 978-957-13-7181-8
Printed in Taiwan